Frena, Càndida, frena!

Maite Carranza

Gran Angular

editorial cruïlla

Narracions publicades al *Diari de Barcelona* (1991 / 1992)

Primera edició: gener de 1993
Catorzena edició: gener de 2003

Direcció literària: Montse Ingla Mas
Edició: Gemma Lienas i Massot
Fotografia de la coberta: AGE-FOTOSTOCK
Disseny de la coberta: Estudi SM

Balmes, 245 - 08006 Barcelona
editorial@cruilla.com

Comercialitza: CESMA, SA
Catalunya i Balears: tel. 936 308 400
fax 936 308 750
cruilla.cesma@grupo-sm.com
C. Valenciana: tel. 963 498 087
fax 963 474 836

ISBN: 84-7629-713-0
DL: M-48.923-2002
Imprès a Espanya / *Printed in Spain*
Impremta SM

A la meva mare,
la millor de les mares possibles.

1 *¡Frena, Càndida, frena!*

LA CÀNDIDA tenia quinze anys, tres germans, una pila d'amigues i tot un curs al davant, però ella volia una moto.

–Amb la moto em menjaria el món –va dir molt seriosa aquella tarda a la cuina. Havia triat el moment dels dibuixos per parlar a soles amb la seva mare. Evidentment s'ho creia.

–I sense la moto, també –va respondre la mare mentre es mirava esgarrifada la nevera buida–. ¿On és el pernil que he comprat aquest matí?

La Càndida va fer el desentès. Les preocupacions li obrien la gana, no podia fer-hi res.

–Potser te l'has oblidat a la botiga.

–Impossible, l'he ficat aquí, n'estic segura.

–Deu haver estat en Gaudenci.

En Gaudenci, amb tretze anys, molta massa grisa i pocs quilos, va fer acte de presència just a temps per defensar-se de la injusta acusació. Arrossegava un llibre, com de costum, i duia les ulleres brutes.

–No m'agrada el pernil –va respondre lacònic mentre furgava la nevera a la recerca de iogurts. En va trobar un de caducat i un altre de natural–. ¿No en queden de maduixa?

La mare li va picar els dits i va tancar la nevera d'una puntada de peu.

–¡Fora! ¡Després no sopareu!

La Càndida estava molesta per la interrupció, volia parlar tota sola amb la mare de l'assumpte de la moto. Era un tema massa transcendent per ser compartit amb un germà devoraiogurts.

–¡Vés-te'n a llegir totxos, microbi!

Però en Gaudenci estava en un capítol massa emocionant per prescindir d'un al·licient dolç.

–¿Puc menjar-me un petit suís d'en Marcel·lí?

En Marcel·lí, un bavós de mig metre que residia permanentment al parc, es va donar per al·ludit i va començar a bramar des del menjador.

La Càndida estava negra. Era impossible mantenir una conversa familiar seriosa. En una casa de bojos com la seva no hi havia moments rodons, tots eren quadrats. ¿Per què el destí no li havia concedit el favor de ser filla única en comptes de compartir la taula, la banyera i la mare amb tres espècimens usurpadors?

Va intentar-ho a la desesperada.

–¡Lucil·la!!! ¡Posa la pipa a en Marcel·lí!

La Lucil·la, de vuit anys, genial i geniüda, estava ocupada.

–¡Posa-l'hi tu! ¡Estic mirant els dibuixos!

–¡Em menjaré les teves aranyes fregides!

–¡Intenta-ho!

La Lucil·la no es deixava impressionar per les

amenaces, però temia la ira incontenible de la Càndida.

La Càndida estava furiosa.

–¡Vindré jo i...!

La Lucil·la va entrar en raó i es va aixecar del sofà.

–Tirana fastigosa –va mormolar entre dents.

La Càndida, un cop fet fora en Gaudenci i neutralitzat en Marcel·lí, va tancar la porta de la cuina rere seu i va tornar a la càrrega. Estava disposada a tot.

–Ja tinc quinze anys i sóc molt bona estudiant i sóc la millor de l'equip de bàsquet i...

–I hi ha més dies que llonganisses.

–¿Què vols dir?

–Que no.

Més clar l'aigua. La mare de la Càndida tenia l'estranya virtut de la contundència. Combinava magníficament la manyagueria amb la rotunditat. Més que una vocació era un art.

–Mira, Càndida. Que et vulguis menjar el món em sembla molt bé, però de moment te'l menges a poteta. Si ara vas accelerada sense rodes, imagina't dalt d'una moto. T'estimbaries a la primera de canvi. Esperem a final de curs.

La Càndida no sabia com agafar-s'ho: com una evasiva, com una promesa formal de negociació futura o com un argument implacable per a la resta de la seva vida de filla econòmicodepenent.

–I ara, si vols ser tan adulta, ajuda'm a parar taula i prepara't les coses per demà.

La Càndida havia caigut en la seva pròpia

trampa. Assumir la seva edat comportava aquesta mena de problemes, li agafaven la paraula i no hi havia retirada.

Va parar taula empipada. No tindria moto i tampoc no seria coneguda a l'institut com la primerenca motoritzada.

Va sospirar pensant en l'institut, el somni que havia cobejat durant els dos darrers anys d'EGB. Els quinze anys, l'institut i la moto: la trilogia perfecta per deixar de ser una bollicao i oblidar-se dels xiclets bum de maduixa.

La trilogia, de moment naixia coixa. Li faltava la moto, i les esperances d'aconseguir-la eren certament desesperançadores.

Ja no era cap nena. De fet era més alta que la seva mare, gastava una quaranta i tenia els tríceps del musculman, però sobretot tenia un any més. Tot plegat, evidentment, no eren punts per a la moto, però un profit o altre en trauria.

A l'institut, per exemple, sí. A algun noi o altre li interessaria una noia de quinze anys, musculada, alta i amb una quaranta ben posada. Mmm..., i l'institut estava atapeït de nois de segon, de tercer, de COU..., ¡quina flipada! Va tenir una esgarrifança. Els nois de COU li produïen esgarrifances, com l'alemany del biquini. ¿Potser estudiava COU allà, al seu país?

Si no hagués estat pel biquini no l'hauria conegut i hauria hagut de reconèixer que les seves vacances havien estat d'allò més fluixes: un mes a la ciutat buida, suant pels descosits i barallantse amb els germans, i quinze dies familiars de costa, platja, tiets i cosins.

¡Sort del biquini!

El dia que el va estrenar feia mala mar. Ja havia passat una setmana de bronzejat avorrit i va decidir canviar de biquini. Va ficar-se a l'aigua i es va capbussar amb estil, però aleshores una onada traïdora la va rebregar com una sardina i, en posar-se dreta..., ¡horror!, es va adonar que se li havia endut les calces del biquini. Ràpidament es va tornar a capbussar i es va allunyar de la sorra. ¿Com sortiria de l'aigua? La platja semblava el metro de la línia cinc, i ella estava morta de vergonya.

Aleshores el va veure: el seu biquini surava tranquil·lament prop d'una colla de rossos atlètics, enfilats dalt d'un matalàs d'aigua. «¡Ep!», va cridar desesperada. Un ros autèntic, amb l'esquena massacrada pel sol, la va sentir, la va mirar, va veure el biquini i va arribar a la conclusió encertada. Amb quatre braçades es va palplantar al seu costat amb el biquini a la boca i l'hi va oferir amb un somriure.

Va descobrir que era alemany.

Durant aquella setmana el va veure cada matí i es van intercanviar un somriure diari assolellat. L'últim dia, precisament l'últim..., ¿per què?, ell es va acostar radiant i, fent gestos i somrient, la va convidar a un gelat de xocolata. Ella, vermella com un pebrot, va acceptar. Se'l van menjar en silenci perquè no s'entenien. L'alemany va fer quatre grunys com un buldog, que sonaven horribles, però que devien ser gentileses, i ella, amb signes, li va contestar que marxava aquell vespre.

No havia passat res més, però era el primer cop que un noi la convidava a un gelat, li somreia sense demanar-li els apunts de geografia i se la mirava amb ninetes fluorescents.

–¡Càndida, és per a tu!

Des de l'altra banda del telèfon l'esperava la Febrònia Fivaller, la seva amiga de l'ànima.

–¡Febro, xati!

–¡Tinc una notícia bomba!

La Càndida va aguantar la respiració.

–¡No ens envien a l'institut!

La Càndida no va entendre res de res. ¿Què volia dir amb allò que no les enviaven a l'institut? ¿Que potser les enviaven al geriàtric? ¿Què s'empatollava la Febrònia? Potser s'havia quedat assolellada de l'estiu i se li havien escalfat els xips.

–Febro, maca, repeteix perquè no computo.

–Doncs que no hi cabem i que ens han construït uns barracons perquè de moment ho estan estudiant, que potser de cara a la Reforma no els interessa ampliar el centre i...

La Càndida va optar per seure. Era massa gros per escoltar-ho dreta.

–¿I m'estàs dient que ens exilien a uns barracons pudents, amb goteres i amb xarxes electrificades com si fóssim presoners de guerra empestats?

–Jo no he dit això, jo no t'he parlat ni de les goteres, ni de les xarxes, ni que fessin pudor, això t'ho has inventat tu.

–¿I com vols que siguin si són barracons? Segur que ens hi posen gossos a la porta perquè no ens escapem, i tenen una sirena per localitzar els fugitius, i...

La Càndida no va trobar una altra imatge més dramàtica que reforcés la trista realitat. Aquella era la seva tragèdia, la tragèdia d'una il·lusió truncada. S'havia desfogat una mica.

–¿Febro?

–¿Què?

–És terrible.

–Horrorós.

–Monstruós.

–Injust.

–No ens ho mereixíem.

–Tenim mala sort.

–Només ens passa a nosaltres.

–A la millor tenim nois nous a la classe.

–Segur que seran igual d'escarransits que els altres.

–Potser han fet una estiradeta, aquest estiu.

La Febrònia no ho deia gens convençuda. Totes dues sabien que els nens de la classe no creixien ni per casualitat.

–Potser...

La Càndida ho va dir perquè sí, sense fe ni convenciment. Els nens de la classe, fossin alts o baixets, no tenien el més mínim interès: eren petits, granulats i decebedors.

Hi va haver un silenci espès com un puré de patates. Tan sols algun sospir escadusser per allò que podia haver estat i que no seria. La Febrònia va decidir canviar de tema.

–¿Et compren la moto?

–No.

–A mi tampoc.
–¿I a la Cuca?
–Quan faci els setze.
La Càndida no es va immutar. Que la fastigosa Cuca Cordill, la seva amiga-enemiga, odiada-estimada, li prengués la davantera amb la moto la deixava indiferent. Ningú no podria dir-li la primerenca motoritzada, no seria cap primerenca, no li farien cap novatada, no maldaria per mirar els de COU entrenant-se a jugar a bàsquet per la finestra del laboratori. Seria dins d'uns barracons infectes. La vida amb quinze anys podia ser espantosa.
La Febrònia, però, no pensava el mateix.
–Mira, Candi, és igual que anem a petar a l'insti o a uns barracons, ja som grans i jo aquest any penso arribar a les deu, demanar assignació i anar a les festes de les meves germanes. A més, aquest curs ens toca el curset d'esquí.
La Càndida va veure les coses d'un altre color.
–¡Càndida, que és per avui!
–¡Ja vinc! ¡Un moment!
–¡Ah, i me n'oblidava! En Martí Montmeló farà primer amb nosaltres. Ho ha catejat tot.
En Martí Montmeló tenia els ulls blaus i duia botes de muntar a cavall. Era una notícia encoratjadora dintre de la desgràcia.
–Febro..., he de penjar.
–Quedem a la cantonada del semàfor a l'hora de sempre.
–OK.
Es va asseure i es va menjar la verdura amb

repugnància. Afortunadament de seguida va trobar excusa per no haver-se-la d'acabar. Li va trucar la Sònia Sabó.

–¡Candi, notícia atòmica!

–¡Barracons!

–¿Com ho saps?

–Ràdio Febrònia.

–¿I la notícia sidral?

–En Martí Montmeló.

–Kòsmik, Candida, sembles l'informatiu. Escolta..., ¿oi que és horrorós això de no poder anar a l'institut?

–Segons com t'ho miris.

–¿Què vols dir?

–De fet no vull dir res, només intento buscar alguna raó per no suïcidar-me.

–Martí Montmeló.

–Per exemple.

–Càndida, no en trobo cap més.

La Càndida li va donar un cop de mà.

–Curset d'esquí.

–D'acord..., ¿i quina més?

–No m'ho posis tan difícil, Sònia. De moment tenim dos motius per no fer com la Marilyn.

–¿Quina Marilyn?

–¡La Monroe, tòtila!

–¿També va anar a uns barracons a fer primer de BUP?

–¡Sòniaaaa!

–¿Què?

–Que demà ens veurem al semàfor.

–És que t'havia d'explicar una cosa.

–Doncs explica-me-la.

–Que aquest estiu m'he enrotllat, però no et pensis que només he fet manetes, ens hem morrejat i tot.

La Càndida no volia saber-ne detalls, però la Sònia els hi volia donar petés qui petés.

–Tenia uns llavis massa, però viu a Sant Sebastià i no ens podrem veure en tot l'hivern.

–Ja.

–¿No t'interessa?

–És que ara no em concentro. Demà ja m'ho explicaràs.

–Oh, i tant, tinc tantes coses per explicar-te.

Va tornar al menjador per menjar-se les postres abans que algun germà espavilat considerés que dimitia.

¡Com eren les coses!: l'institut s'havia esfumat; la moto, volatilitzat; la Sònia s'havia espavilat i ella..., ella només tenia un any més. Un any que no li servia absolutament per a res. Un any d'afegir, protocolari... ¿O potser sí que servia per a alguna cosa?

El sucre del préssec en almívar li va arribar al cervell i la va ajudar a veure les coses d'una altra manera.

Ja no se sentia una nena. Mentre escurava el plat repassava els microbis que s'asseien al seu voltant: la Lucil·la dissecaaranyes amb cues de bollicao, en Gaudenci empassatotxos amb ulleres de Woody Allen i el petit cuc bavós de mig metre que ignorava el seu propi nom. Ella era diferent, ella era gran.

Es va eixugar delicadament els llavis com

una senyora i va enretirar la cadira en aixecar-se de la taula.

Va talonejar cap a la seva habitació.

La vida, amb institut o sense, amb moto o a poteta continuava tenint algun al·licient. ¿O potser quinze al·licients? Tenia l'edat de morrejar-se, d'embadalir-se mirant uns ulls de color de cel menorquí, de deixar-se convidar a gelat de xocolata, de...

Aquell curs havia de ser molt especial.

Amb la camisa groga de batista en una mà i els fusó blau marí en l'altra es va acostar a la cuina. Ja ho tenia decidit.

–Mama, he triat aquesta roba per a demà.

–Em sembla molt bé.

–I, escolta, crec que tinc dret a una assignació digna i no pas a una pensió de jubilat del quart món. I com que ja no penso arribar abans de les deu, peti qui peti, també vull la clau de casa i, és clar, no em penso perdre cap festa del calendari: ni la de Cap d'Any, ni la de Carnestoltes, ni la revetlla. I he decidit que no aniré de compres amb tu perquè em vesteixes com una Lucil·la de la quaranta i també vull un compacte per a mi sola i penso posar la meva música a l'hora que vulgui i...

La mare va fer un pas enrere.

–¡Frena, Càndida, frena!

Però la Càndida intuïa que ja no podria frenar. Als quinze anys, és demanar impossibles.

2 *Extraescolaritis aguda*

LA CÀNDIDA va arribar a casa seva de mala lluna. Quan va fer petar la porta amb ràbia, en Marcel·lí va deixar de bavejar l'helicòpter, la Lucil·la va amagar les seves aranyes dissecades i en Gaudenci es va ficar les ulleres a la butxaca. S'acostava tempesta.

–¡Càndida, tens el berenar a la cuina!

La Càndida tenia els ulls plorosos i el nas vermell. Volia que li sortís alguna llagrimeta per tenir un aspecte més tràgic, però per més que ho intentava no ho aconseguia. ¿Com era possible que la seva mare somrigués i estigués tan fresca mentre ella se sentia tan malament?

–No vull menjar res, no tinc gana.

La mare no es va immutar. Va guardar el pa i la xocolata amb molta parsimònia i va tancar el llum de la cuina.

La Càndida es va mossegar la llengua. Tot li sortia a l'inrevés. La seva mare no tan sols no li preguntava què li passava sinó que, per postres, la deixava sense berenar.

–¡Si no menjo em moriré i tu en tindràs la culpa!

–¿Què deies?

–¡Merda!

La Lucil·la i en Gaudenci es van amagar darrere el sofà i en Marcel·lí va obrir una boca de pam.

–¡No hi ha dret! ¡La Febrònia Fivaller fa ballet rus; l'Úrsula Salines, tae-kwondo; la Sònia Sabó, salts de trampolí; la Pepa Pistó toca el saxo i la Cuca Cordill estudia japonès! I jo, jo... –aleshores li va caure la llagrimeta i es va sentir millor–, jo no faig res de res, buaaa!

La mare va eixugar el nas de la seva filla gran. La Càndida estava encantada. No hi havia res com la llagrimeta.

–Sóc l'única del meu curs que no faig res en sortir de classe, no puc dur cap bossa a l'escola perquè no vaig enlloc, mai no tinc pressa, ningú no em renya si arribo tard i no em puc mirar l'agenda per saber què em toca fer a la tarda.

La mare era molt ràpida i va trobar la solució en un tres i no res. Va obrir un calaix miraculós i en va treure una agenda flamant.

–Apunta i no facis faltes: dilluns, submarinisme; dimarts, aeròbic; dimecres, xinès; dijous, lluita lliure i divendres, bateria, ¿et sembla bé?

La Càndida es va haver de seure a la trona d'en Marcel·lí. Estava tan emocionada que no tenia paraules.

–¡ÉS MASSA! –va cridar al cap d'un minut.

–Me n'alegro, que t'agradi. Ara mateix et matriculo i et faig les bosses i ja cal que t'espavilis perquè d'aquí a una hora comença la teva classe de submarinisme.

A la nit la Càndida va tornar blava i arrugada com una pansa. Es va asseure, convençuda que la cadira s'enfonsaria i quan el pare li va omplir el got d'aigua el va enretirar educadament.

–No gràcies, ja n'he begut prou avui.

No va confessar a ningú que s'havia passat la tarda com una bamba dins la rentadora. Estava molla, negada, farcida de bombolles i llefiscosa. A la nit va somiar que era una sardina i en despertar-se es va jurar que mai més no menjaria calamars a la romana.

L'endemà la Càndida estava pletòrica i, al pati, amb les amigues, tenia la xerrera.

–Ara faig moltes coses, en faig tantes que em cal portar l'agenda per recordar-les totes.

La Càndida els mostrava l'agenda mentre es cruspia un entrepà de formatge.

–Avui és... dimarts, ¿oi? Doncs avui em toca aeròbic. És fantàstic, l'aeròbic, molt millor que el ballet rus i les danses africanes.

–És una llàstima que facis tantes coses. Demà passat és l'aniversari de la Cuca i convidarà en Martí Montmeló.

La Càndida va regirar l'agenda, desesperada. Mai no s'havia perdut una festa. Efectivament, li tocava lluita lliure. Va empal·lidir.

–¿I no la podria fer un altre dia?

–No, perquè demà ens trobem a ca la Febrònia i divendres fem la gimcana de l'esplai.

La Càndida va tancar l'agenda i es va empassar l'entrepà que li quedava. Allò sí que era un cop baix: la festa, la tarda a ca la Febrònia i la gimcana.

L'esbarjo s'havia acabat i la Cuca va entrar a l'aula al costat de la Càndida.

–El meu pare ens llogarà un vídeo, vindran dos nois que són amics del meu germà i també hi haurà en Martí Montmeló. Llàstima que tinguis lluita lliure, però suposo que deu ser molt emocionant, més que la meva festa.

La Càndida es mossegava les galtes per no plorar. Aquell vespre parlaria amb la mare.

A la nit tot feia pampallugues i l'habitació dansava al seu voltant. La Càndida no es podia estar asseguda enlloc. Se sentia matxucada, marejada i remenada com una maionesa. L'aeròbic havia estat pitjor que un minipimer a ritme de Loquillo. Amb prou feines es va poder aixecar i, saltant com un cangur amb xancles, es va acostar a la mare, que llegia el diari. Era un bon moment.

–Mama, jo...

–Càndida, deus estar molt cansada amb tantes activitats. Ja és hora que vagis a descansar una mica.

–És que jo, volia dir-te que això de les activitats...

–Són magnífiques, ¿oi? Me n'alegro. Em sap greu de no haver-me'n adonat abans. El dia de demà tindràs molts recursos. Au, vés al llit.

–És que la Cuca fa una festa dijous i...

–¿Dijous? ¿El dia de lluita lliure? ¡Quina coincidència! Però no t'amoïnis, tu t'ho passaràs infinitament millor i aprendràs moltes més coses que no pas en una festa. La lluita lliure és un esport molt complet, així no et farà por sortir sola a les nits.

A la Càndida li importava un pebrot sortir sola a les nits, si li recava ja llogaria un guardaespatlles, però no trobava arguments per convèncer la mare.

–Au, Candideta, fas ulls de pixona. Vés a somiar la teva classe de xinès de demà, que t'he comprat una carpeta preciosa i un retolador per fer caràcters que és una virgueria.

La Càndida va dimitir. Era evident que no tenia res a pelar.

A la classe de xinès la Càndida va patir un curt circuit. El professor era un xinès autèntic, idèntic als milions de xinesos que viuen a la Xina, i encara pitjor, parlava en xinès. Va intentar pensar en castellà, en francès i en anglès, però tot va ser inútil, el xinès li sonava xinès i no n'entenia ni un borrall. ¿Per què dimonis els xinesos es complicaven la vida parlant aquella llengua tan extravagant i dibuixant aquells ninotets que no tenien solta ni volta?

Va tornar a casa amb el cap ple de caràcters que li feien pam i pipa i va saludar la veïna del segon primera amb un «*shing liu*» educadíssim.

A taula no va obrir la boca i fins al matí següent no va ser capaç de recordar com es deia tovallola en català. En Gaudenci, anant cap a l'escola li va preguntar si l'ajudaria a trobar un gos llop i la Lucil·la li va demanar un duro per comprar-se un xiclet de pinya-cola, però la Càndida només somreia i deia «tovallola, *shing-liu*».

Davant la porta dels barracons va ensopegar amb la bossa de lluita lliure, es va fúmer una castanya de pel·lícula i va recuperar la memòria instantàniament.

¡Ara ho recordava tot! ¡Era terrible!

Era dijous, tenia lluita lliure, la tarda abans no havia pogut anar a ca la Febrònia i es perdria miserablement la festa de la Cuca. Quan es va posar a plorar amb desconsol tothom va creure que s'havia fet mal. Li van donar una aspirina, li van posar una tirita al genoll i a les cinc vint-i-cinc corria adelerada pel carrer per no fer tard a la classe de lluita lliure.

Al vespre el seu cos la va abandonar definitivament i va decidir campar al seu aire pels camins dels somnis.

–¿I la Càndida? ¿On és la Càndida? –va preguntar el pare, servint el puré.

–S'ha quedat clapada a la banyera –va contestar la Lucil·la, amb la boca plena de croquetes.

La Càndida, amb totes les articulacions massacrades, els ossos deslloriga ts i el cul ple de blaus, dormia dins la banyera. El pare la va portar al llit sense sopar i la va acotxar. La Càndida va fer un crit gutural i va aixecar un braç com si es volgués defensar, però el braç estava tan cansat com ella i va caure pel seu propi pes.

Divendres gairebé no podia obrir els ulls. No era d'aquest món. Desitjava esvair-se com un núvol i surar fins a l'infinit, però la veu de la mare sí que era d'aquest món.

–Ànim, Càndida, avui és el millor dia de tots, tens el teu primer dia de bateria. Imagina't quantes emocions t'esperen. Bombos, platerets, ritme.

La Càndida va fer un gemec, però li va sortir en xinès i la mare no el va entendre.

–Som-hi, aquí tens els bastons, els texans i la caçadora. Sobretot, afanya't en sortir d'escola o faràs tard. Vinga, pren-te la llet i felicita la Cuca de part meva.

Fins aquella setmana ella s'estimava especialment el divendres. Era al darrer dia de classe i en arribar a casa tastava tots els sofàs, s'ajeia a totes les catifes, no feia deures i berenava dos cops. Mai com aquell dia va enyorar aquells divendres gloriosos de desvagada. La perspectiva dels seus divendres futurs prenia unes dimensions espaordidores. Al pati les seves amigues se'n van adonar.

–Càndida, estàs xuclada com un polo.

–Càndida, ja no parles.

–Càndida, ¿com és que camines d'una forma tan estranya?

La Càndida sospirava perquè fossin les dotze de la nit i el rellotge confirmés que s'havia inaugurat el dissabte. Estava segura que no podria ni aixecar els bastons de la bateria. Com que era una persona de paraula no va faltar a la cita musical, però les seves neurones estaven massa cansades i li van jugar una mala passada.

La Càndida, asseguda davant la bateria, retenia la respiració fins a posar-se blava i treia bombolles per les orelles, feia saltironets com un conill amb tosferina, cantava en xinès bo i repetint «*shing liu*», i lluitava furiosament a cops de bastó contra el bombo.

El professor de música es va espantar de debò i va trucar als seus pares. Ella, però, es resistia a marxar perquè deia que encara no havia acabat la classe. Pel camí, dins del cotxe picava els vidres amb els bastons i trepitjava un pedal imaginari.

Dissabte al matí va arribar el metge. La casa estava estranyament silenciosa. A la Càndida li havia pujat la febre i el pare s'havia endut en Gaudenci, la Lucil·la i en Marcel·lí a prendre la fresca per no destorbar-la.

El metge la va auscultar, li va prendre el pols, li va observar la llengua, li va donar un copet al genoll i li va mirar els ulls amb una lupa. Molt seriós es va adreçar a la mare.

–El que em temia, pateix un empatx víric d'extraescolaritis.

–I això, ¿com es menja?

–Prengui nota de la medicació: molts berenars al parc, tardes avorrides, tele a discreció, llibres d'aventures, baralles amb germans, festes amb amics, gimcanes i uns quants badalls cap al vespre. En una setmana estarà nova.

En sentir-ho, la febre de la Càndida va baixar de cop. La vida tornava a tenir un agradable color tuti-fruti.

3 *La Càndida cangur*

LA CÀNDIDA estava entusiasmada. Aquell any aniria a esquiar per primer cop amb l'escola. Era un privilegi reservat a primer de BUP i això la feia sentir immensament important.

A la classe de gimnàstica, el Fede, el guaperes, els va repartir els papers per a la preinscripció. Després, sense donar-los temps d'assaborir la notícia, els va obligar a esbufegar durant mitja hora de fúting i a jugar un partit de volei.

La Càndida, però, no podia estar-se callada.

–Òndia, Febrònia, ¿i si aquest any no neva?

–¡Buuuf, buuuf!

La Febrònia no tenia els pulmons de la Càndida i amb prou feines podia mantenir el ritme.

–Febrònia, ¿és gaire difícil, això de l'esquí? ¿Segur que és com patinar i anar en moto alhora, o potser s'assembla al monopatí? Jo sóc molt bona fent anar el monopatí i...

–¡Càndida, calla i corre! Estàs fent un esforç anaeròbic i distreus la Febrònia.

La Càndida va callar perquè el Fede era massa guapo per portar-li la contrària i perquè la

Febrònia estava a les últimes. Va decidir reprendre la conversa de camí cap a casa. També hi hauria la Cuca Cordill i la Sònia Sabó.

Mentre caminaven arraïmades, ocupant tota la vorera, escoltaven les explicacions de la Cuca Cordill.

–Esquiar, allò de baixar per una pista a tota llet, ho pot fer fins i tot un tonto, però tenir bon estil és el més difícil.

La Cuca Cordill era molt bona esquiadora i la Càndida tenia els radars posats.

–¿I això de l'estil, com es menja?

–Doncs amb un equip súper. Uns esquís de fibra, uns bastons aerodinàmics, unes botes amb ajustadors comprimibles, un anorac de plomes i uns pantalons insulate.

La Febrònia va intervenir.

–I si esquies amb un xandall i uns esquís del teu germà gran, ¿ja no tens estil?

–Pseee, tindràs un estil hortera.

La Sònia Sabó era molt derrotista.

–Jo aniré amb trineu que deu ser més fàcil. T'asseus i fssshhhhh...

La Cuca Cordill s'anava posant molt i molt pesadeta.

–Vosaltres feu el que vulgueu però jo esquiaré amb els millors perquè tinc molt bon estil.

La Càndida va pensar en en Martí Montmeló. En Martí Montmeló era dels bons i bé valia un equip súper.

–¿I quanta pasta?

–Depèn. Jo..., mmm..., no ho sé, m'ho compren els papàs.

És clar, la Cuca Cordill tenia papàs, les altres només tenien papes i a córrer. La Sònia Sabó va tornar a l'atac.

–Si fa calor pots esquiar fins i tot en biquini, jo he vist fotos de ties que esquien en biquini, i així de pas et poses negra.

La Cuca Cordill es va mosquejar.

–Per mi, com si vols esquiar amb bata de boatiné.

–No em fa joc amb els bastons.

–Estúpida.

–Cursi.

La Cuca i la Sònia van marxar fent morros, cada una per una banda, i la Càndida va quedar-se amb la Febrònia.

–¿Tu creus que si porto un equip súper i esquio amb estil, en Martí Montmeló em farà cas?

–¿I jo què sé?

–Segur que tindré més punts que no pas si porto els esquís de ma cosina, les botes del veí, els bastons del tiet quan era jove, els pantalons de plàstic d'en Gaudenci i l'anorac d'anar a collir bolets.

–Potser sí.

La Càndida havia pres una decisió. Aconseguiria un equip súper. ¿Com? Ja se li acudiria.

–Fins demà, Febro.

La Febrònia encara no s'havia recuperat de la pallissa del fúting i no tenia esma ni per acomiadar-se

En arribar a casa la Càndida va amagar les ulleres d'en Gaudenci perquè les busqués, va ficar en Marcel·lí al parc perquè no molestés, va posar música a la Lucil·la perquè s'estigués calladeta una estona i va acostar-se a la mare per parlar seriosament.

–Mama, necessito un equip súper per esquiar.

–¿Què t'empatolles? Si tens tot el que cal: els esquís de ta cosina, les botes del veí, els bastons del tiet, els pantalons de plàstic d'en Gaudenci i el teu anorac de collir bolets.

–Precisament, això no és un equip súper. Semblaré una truita jardinera.

–¿I jo, què vols que t'hi faci?

La Càndida es va empassar saliva.

–O sigui que no me'l compres.

–Ni borratxa. Si vols un equip, te'l compres tu. Espavila't.

–Treballaré.

–¿De què?

La Càndida rumiava. No sabia escriure a màquina, ni programar ordinadors, l'anglès el portava fluix, odiava rentar plats i era menor d'edat. De sobte va tenir una idea lluminosa.

–¡Faré de cangur!

–No hi tens experiència, ningú no et contractarà.

Però la Càndida ja havia previst aquesta eventualitat.

–¡Vosaltres! Tu i el papa. Seré la vostra cangur i em pagareu com si fos una cangur de debò. Us podeu refiar de mi perquè sóc la vostra filla i sabeu que sóc molt bona filla, i que sóc molt intel·ligent, i que de tot sempre me'n surto, i...

–¡Nena! Para el carro, que encara tens àvia per anys.

–¡Però és veritat! M'has de donar una oportunitat. Als joves americans sempre els donen oportunitats: netegen cotxes, venen diaris, passegen gossos i acaben milionaris, en canvi en aquest país...

–D'acord. M'has convençut. En farem la prova aquest cap de setmana.

–Cobro a cinc-centes l'hora.

–Mil per nit.

–Mil cinc-centes.

–Mil dues-centes cinquanta.

La Càndida va acceptar el regateig de la mare. No estava malament, amb una cinquantena de cangurs podria comprar-se el millor equip de l'escola.

La feina de cangur no tenia secrets: posar els nens a dormir i mirar la tele fins que arribessin els pares. A més, podria beure coca-cola. Totes les cangurs que havia tingut prenien coca-cola.

Havia fet el millor negoci de sa vida. Es compraria una guardiola de disseny i estalviaria fins a tenir un superequip. En Martí Montmeló cauria de cul en veure-la i li demanaria un autògraf i la Cuca Cordill es moriria d'enveja.

Dissabte a la nit en Marcel·lí no es volia adormir i els pares tenien pressa.

—Càndida, no ens podem esperar més. Posa'l tu mateixa al llit. Recorda't de vigilar la Lucil·la i de tancar el llum a en Gaudenci, ja saps que llegeix d'amagat.

—Sí, mama. Seré una cangur perfecta.

La Lucil·la va sortir plorant i es va agafar als pantalons del pare.

—Papa, no em deixeu sola amb la Càndida, em pegarà.

—No és veritat, avui no sóc la teva germana, sóc la teva cangur.

—¡Ets la Càndida!

El pare es va atabalar.

—Escolta, Lucil·la, avui fem un joc i juguem a cangurs, ¿d'acord?

—Però la Martona Martí em va explicar que hi havia cangurs assassines que rostien els nens al forn i se'ls menjaven. ¿I si la Càndida juga a ser una cangur assassina?

—Doncs quan tornarem, la mama i jo, et traurem del forn i tot arreglat. Un petonet.

Quan els pares van tancar la porta la Càndida va mirar al seu voltant. En Marcel·lí plorava com un porquet, la Lucil·la, encaparrada amb el tema de la cangur assassina s'havia tancat al lavabo, en Gaudenci xalava amb el llum encès i un llibre del Sandokan i, a sobre, li quedava la feina de desparar la taula i rentar els plats.

La Càndida es va imposar.

—¡A veure, ara mano jo! Tothom a dormir i a callar.

Evidentment, ningú no li va fer el més mínim cas.

Va decidir començar per en Marcel·lí.

En Marcel·lí plorava i feia pudor. La Càndida el va olorar.

–¡Puahh! ¡T'has cagat! ¡Podries haver-te cagat quan hi havia els papes!

Va agafar una esponja i va atacar. En Marcel-lí s'hi resistia i la Càndida lluitava amb totes les seves forces. Finalment ho va aconseguir però el xandall, el llit dels pares, la cara d'en Marcel·lí i quatre tovalloles havien quedat ben empastifats. No ho entenia. Tan fàcil que semblava rentar el cul a un nen.

Va deixar en Marcel·lí plorant al llit i va desparar la taula. En acabar de rentar els plats en Marcel·lí estava afònic i perdia el plor de ràbia. La Càndida va intentar amanyagar-lo sense èxit. Li va cantar una cançó però encara es va enfadar més, aleshores va deduir que potser tenia gana i se'n va anar a la cuina a preparar-li un biberó com feia la mare.

Fer un biberó era infinitament més complicat que rentar un cul. Hi va trigar gairebé mitja hora. Donar-l'hi va ser una altra feinada, però el pitjor va ser que un cop se'l va haver pres, va començar a estossegar i el va vomitar senceret i la va deixar amarada.

La Càndida, morta de fàstic, es va treure el jersei i va despullar en Marcel·lí. El pijama estava xop de llet agra. Mentre el deixava al cove de la roba bruta es va recordar que la Lucil·la feia segles que havia desaparegut. Va picar a la porta del bany i va sentir una veueta i un xipoll.

–¡Lucil·la! ¿Què fas?

–Jugo.

–¡Doncs a dormir!

–¡Si el Marcel·lí no dorm, jo tampoc!

–¡Obre'm!

–¡No em dóna la gana!

Aleshores la Càndida, esgarrifada, va veure com un rajolí d'aigua s'escolava per sota la porta del bany fins a arribar al passadís.

–¡Lucil·la! ¡Estàs inundant la casa!

–¡Només jugo a banyar nines i no t'obriré perquè em vols rostir!

En Gaudenci va afegir-s'hi. Havia estat dues hores llegint Sandokan i tenia ganes d'acció.

–¡Tiraré la porta a terra!

–¡Fica't al llit! ¡Et trencaràs les ulleres!

¡Patapum! En Gaudenci va caure i, efectivament, se li van trencar les ulleres. A en Sandokan, això no li hauria passat.

Mentrestant en Marcel·lí, despullat, havia baixat, de quatre grapes, del llit dels pares i jugava amb l'aigua del passadís, molt content.

La Càndida es va asseure a la butaca del menjador amb la seva coca-cola intacta i es va posar a plorar. Afortunadament, van arribar els pares.

–¿Però què és aquest batibull? Càndida, ¿què et passa?

La Càndida es va eixugar els mocs amb la màniga de la samarreta.

–Més m'estimo esquiar amb granota de mecànic i esquís de plàstic que fer de cangur d'aquests salvatges.

La perspectiva futura de quaranta-nou nits

com aquella li van donar forces per renegar de la seva amiga.

–I la Cuca Cordill és una cursi, una pija i una menjacocos i m'importa un pebrot escalivat l'estil, l'insulate i la fibra ionitzada i... i...

–¡Calla i ajuda'ns!

Mentre ajudava els pares a rescatar la Lucilla, recollir l'aigua del bany, eixugar en Marcellí i aplegar els vidres de les ulleres d'en Gaudenci, va decidir que no els cobraria res.

Encara li quedava una mica de dignitat.

4 *El berenar de la Càndida*

LA CÀNDIDA ho havia aconseguit. Li havia costat un munt d'esforços i un munt de dies, però ho havia aconseguit. Finalment havia pogut convidar, un dissabte a la tarda, les seves amigues de l'ànima a berenar a casa seva.

Feia quatre caps de setmana que ho intentava sense cap resultat. El primer, la Cuca Cordill preparava un examen de japonès i portava deu caràcters fluixos; el segon, la Sònia Sabó s'entrenava per a una exhibició de salts de trampolí i no li sortia el tirabuixó de l'esquerra; el tercer, la Febrònia Fivaller va agafar unes angines de cavall i estava feta una coca, i el quart, en Gaudenci li va passar al davant i va celebrar el seu aniversari amb els salvatges de la seva classe i l'hàmster fastigós d'en Jordi Jardinet.

La Càndida estava emocionada per la perspectiva d'aquella tarda inoblidable. Tenia tantes coses per ensenyar i tantes coses per explicar que no sabia per on començar. Aleshores va decidir fer-ne una llista.

Els faria un berenar súper, els ensenyaria les fotos de l'alemany que li va trobar el biquini a l'estiu, els faria escoltar el darrer elepé dels Eskolars Kaníbals que li havia comprat el seu tiet a Honolulu, riurien plegades dels calçotets de papallones que estenia la mare d'en Pere Pintor al balcó del davant i després tancarien la porta i parlarien d'en Martí Montmeló, que estava per posar-li quetxup; del Fede de gimnàstica, que segons la Cuca li feia mal la cara de tan guapo que era, i del germà de la Sònia, que tenia una Fujijama 2.500 i feia fer salivera a la Febrònia.

Si encara els quedava temps, criticarien la Petúnia Amor que es pintava les ungles dels peus de piquets verds i dissimulava els grans de la cara dibuixant-s'hi pigues amb un ròtring. També podrien riure una mica de la vaca de socials, que quan sortia a la pissarra per escriure se li descordaven els sostenidors o...

¡Si no s'afanyava, no tindria temps de preparar el berenar!

La Càndida es va posar en acció. Es va arromangar i va treure la Lucil·la de la pica de la cuina, on havia organitzat una festa de cotxes submarins, i la va enviar al menjador amb una puntada de peu.

—¡Fora d'aquí, microbi!

La Lucil·la li va treure la llengua i la va esquitxar amb els cotxes que regalimaven aigua per les quatre rodes.

Un cop sola va començar pels entrepans. En va fer tres per a cadascuna d'elles: de foie gras, de pernil salat i de formatge d'Andorra. Després va obrir una bossa de patates, una llauna d'olives, uns ganxitos russos i unes ametlles amb pebre. Va posar palletes i gots, i va treure la fanta i la coca-cola de la nevera. D'amagatotis va omplir un got amb ginebra del bar del pare. Si l'ocasió era favorable es podrien preparar uns cubates.

La Càndida va fer uns passos enrere i va contemplar l'efecte de la barreja de colors. Era com un quadre d'en Miró. Només hi faltava un detall. Un paquet de cigarrets americans que havia comprat d'estranquis aquell matí i un cendrer de ceràmica que havia fet la Lucil·la a l'escola.

¡Sensacional!

Va amagar prudentment la ginebra, els cigarrets i el cendrer, i va tancar el llum de la cuina.

¡Encara li quedava la mar de feina!

Va sortir a corre-cuita i va ensopegar amb en Marcel·lí, que gatejava pel passadís amb el turbo posat, deixant un rastre de baves al seu darrere.

–¡Mama! ¡En Marcel·lí s'ha escapat del parc!

No es podia entretenir ni un minut més.

Un cop a la seva habitació va atacar amb fúria les joguines de la Lucil·la escampades arreu i va llençar un parell de llibres d'en Gaudenci al passadís. En Gaudenci va entrar a l'habitació amb els llibres a la mà, molt ofès.

–¿Per què has tirat els meus llibres?

–Perquè no hi han de fer res al damunt del meu llit.

–Els llibres són molt delicats. S'han de deixar en llocs delicats.

–¿Ah, sí? Doncs deixa'ls a la vitrina de la vaixella escocesa.

–No hi caben, ja ho vaig provar.

–Doncs deixa'ls al teu llit.

–No puc, el tinc ple d'altres llibres més importants, de fet aquests són per un cas d'emergència i per això...

La Càndida intentava triar la roba que es posaria i en Gaudenci la feia posar nerviosa.

–¡Prou! ¡Posa'ls rodes i vés-te'n a patinar, però deixa'm tranquil·la!

En Gaudenci es va mirar els llibres i va pensar que de vegades la seva germana tenia idees lluminoses, impròpies de la seva cocotera. Patinar damunt d'uns llibres amb rodes devia ser una flipada.

–Me'n vaig a fer l'experiment.

La Càndida ja havia trobat el jersei de gossos japonesos que buscava i no li va fer el més mínim cas.

Mentre intentava cordar-se la cremallera dels texans, ajaguda al llit panxa enlaire, va entrar la Lucil·la i se la va quedar mirant.

–¿Què fas?

–¡Uggg! ¿A tu, què et sembla?

–¿És una tortura?

–¡Si no te'n vas, et torturaré a tu!

La Lucil·la va recordar el motiu de la seva visita.

–Vinc a buscar el meu quiròfan. L'havia deixat aquí, necessito operar un masserati i un volkswagen.

La Càndida l'havia llançat sota el llit d'una

magnífica puntada de peu. Va assenyalar l'amagatall amb el dit anul·lar de la mà esquerra. La Lucil·la es va posar de quatre grapes i el va recuperar.

La Càndida va fer un crit d'alegria en sentir el rec-rec de la cremallera amunt.

–¿Quan sigui gran també seré tan grassa com tu?

–¡Vés-te'n a operar els teus cotxes i esfuma't!

Ja ho tenia tot llest i preparat, ¡i encara faltaven cinc minuts per a les cinc! La Càndida se sentia feliç.

Els cinc minuts se li van fer eterns. Es va gratar el clatell, es va mossegar quatre ungles i tres pells, es va fer un sangtraït al dit gros i el sistema nerviós li va fer nyarranyec. Aleshores va sortir de l'habitació i es va palplantar darrere la porta amb la mà al pom.

A les cinc no va arribar ningú, a les cinc i un minut tampoc, a les cinc i dos minuts tampoc i a les cinc i tres minuts va sentir el telèfon.

–¡Càndida! ¡És per a tu!

Era la Febrònia Fivaller.

–Hola, Càndida. No podré venir.

A la Càndida se li va trencar un bocinet de cor.

–¿Per què?

–Encara estic una mica tova i la mare no vol que em refredi.

–Tenim calefacció.

–Sí, però no li fa gràcia que surti al carrer. A més, ara comencen una pel·li molt bona. ¡Fins dilluns!

La Càndida va penjar el telèfon, però abans de poder fer caure la llagrimeta, una altra trucada la va alertar. Era la mare de la Sònia Sabó.

–Hola, Càndida, ¿què tal, maca? ¿Com anem? Sort que et trobo perquè ja patia. La Sònia m'ha dit aquest matí que et truqués, i no me n'havia recordat més. Mira, filleta, la Sònia no podrà venir avui perquè ha sortit amb els seus cosins de França. Ha estat una casualitat d'aquelles, ¿saps? Han vingut a passar uns dies i com que feia molt temps que no veien la Sònia se l'han endut al cine i després aniran a sopar a una hamburgueseria. Abans de marxar, la Sònia m'ha fet prometre que t'avisaria, però jo tinc el cap a tres quarts de quinze i si l'encerto l'endevino. Doncs ja ho veus, Càndida, un altre dia serà, ¿que em sents?

La Càndida no tenia veu per contestar. Va fer un sospir.

–Doncs penjo, ¿eh, maca? Que em sembla que aquest telèfon no se sent gaire bé. ¡Au, que us divertiu!

La Càndida tenia dues llagrimetes pendents, però les va deixar per un altre moment perquè en aquell precís instant va sonar el timbre de la porta. Era la Cuca Cordill, disfressada de dissabte.

–¡Hola! ¿Que sóc la primera?

–Sí, no vindrà ningú més.

La Cuca va canviar l'expressió.

–¿Com que no vindrà ningú més?

–La Febro és plena de microbis i a la Sònia l'han segrestat uns francesos.

La Cuca se sentia incòmoda.

–¿Vols dir que només serem nosaltres dues?

–Sí.

–Jo em pensava que era una farra, però si només som tu i jo semblarà el retorn a Brideshead.

La Càndida ja olorava què estava rumiant la Cuca. I es va emprenyar.

–Si vols fotre el camp, no te n'estiguis. De fet no crec que tinguem gaire futur, tu i jo. No passaríem del primer capítol.

La Cuca va fer un pas enrere.

–Doncs sense la Sònia i la Febro, me'n vaig. No vull perdre el meu temps.

La Càndida no es va reprimir.

–¡Ni ganes de compartir el teu fastigós temps! ¡Que t'empatxis i et portin a l'UVI!

I amb molt de gust li va tancar la porta al nas.

Un cop de la part de dins es va penedir. Havia fet fora la seva darrera convidada. S'havia quedat més sola que la una.

Aquest cop sí que li van sortir les llagrimetes, però no tres com estava estipulat sinó un raig. Era la persona més desgraciada del món.

–¿Plores perquè ets grassa?

–¡Calla!

No va voler contemplar la safata del berenar, ni l'habitació impecable, ni l'amagatall dels vicis prohibits, i va sortir al balcó per esbravar-se.

Des del balcó va veure els calçotets de papallones d'en Pere Pintor. Això li va produir un esclat de plors violents.

–¿Tens al·lèrgia?

La Càndida va deixar de plorar en sec. Aquella veu no era ni la veu de la mare, ni la del pare, ni la d'en Gaudenci, ni la de la Lucil·la. ¿Qui dimonis havia parlat?

–Sóc aquí, al pis de sobre.

La Càndida va aixecar el cap i, efectivament, va veure una noia de la seva edat amb els cabells curts rossencs que la mirava encuriosida.

–Pregunto si tens al·lèrgia, perquè jo sí que en tinc i és molt empipadora, l'al·lèrgia. No pots parar d'esternudar i et piquen els ulls i el nas. Per cert, ¿tens un cigarret? Els meus tiets no fumen i...

La Càndida no coneixia la veïna.

–¿D'on has sortit, tu?

–Estic passant el cap de setmana amb els tiets, però són un plom olímpic. La tieta ha anat a la perruqueria a deixar-se el cap com una Maruja i el tiet desconnecta amb el walkie i fa crits de possès sentint el futbol. Tristíssim.

La Càndida es va eixugar els mocs.

–Sí, que tinc cigarrets, però ens els hem de fumar d'amagat.

–Tranqui, ja hi estic acostumada.

–¿Com et dius?

–Coia, Coia Solera.

A la Càndida se li van il·luminar les llàgrimes.

–I, escolta, ¿a part dels cigarrets, t'agraden els bocates?

–M'encanten.

–¿Coneixes els Eskolars Kaníbals?

–Són els meus preferits, sobretot el «Menjataldemates».

La Càndida veia el cel per un forat.

–¿Saps de qui són els calçotets de papallones que hi ha estesos allà?

–No ho sé, però em moro de ganes de saberho, abans li he preguntat a la meva tieta si ho sabia, però no s'hi havia fixat mai.

La Càndida ja en sabia prou.

–Et convido a una farra a casa meva.

La Coia va somriure d'orella a orella.

–Faig un pipí, i ara baixo. ¿Vols que porti xocolata amb roquefort? ¡És sensacional!

La Càndida estava disposada a tot i va assentir amb el cap.

Va entrar a casa tremolant de fred però amb el cor escalfat. Si la Coia era la meitat del que prometia, aquella encara podria ser una gran tarda. De cop i volta es va sentir immensament generosa.

–Microbis, ¿voleu berenar amb mi i la Coia?

La Lucil·la, en Gaudenci i en Marcel·lí no s'ho podien creure.

–¿És una trampa?

–¿És un berenar emmetzinat matagermans?

–¿Gu, got, gggggg?

Però la Càndida ho havia dit de debò. Es van mirar tots tres i van coincidir en les seves sospites.

Les germanes grans estaven ben torrades.

5 *Els Eskolars Kaníbals*

ERA una bomba: els Eskolars Kaníbals actuarien a mitjan desembre al Palau d'Esports.

En saber la notícia de l'imminent festival dels ídols de la cançó, els clubs de fans es van propagar com la capa d'ozó, a velocitat de vertigen, i aviat la ciutat va proliferar més en clubs que en bambes de marca.

El grup de la Càndida, naturalment, va fundar el seu.

La primera reunió la van fer a casa la Cuca que ja s'havia reconciliat amb la seva enemiga després de l'incident del berenar.

Hi van assistir la Càndida, la Pepa Pistó, la Febrònia Fivaller, la Sònia Sabó i la Carmela Caravel·la. La Cuca no era amable ni hospitalària però volia ser la presidenta i va organitzar una trobada holliwodiana amb canapès de sobrassada, tòniques, caprice de dieux i bombons de licor. La sensació era, però, el seu meravellós compacte.

Totes ho ensumaven.

La Cuca s'havia comprat per a l'ocasió una agenda de pell legítima i una estilogràfica de disseny. Tot això la confirmava com la líder indiscutible. O això creia ella.

Quan hi van ser totes, les va fer callar i va orquestrar la reunió. Ja tenia decidit l'ordre del dia: els calia una casa per reunir-se que tingués condicions, un bon equip de música per sentir els darrers elepés i posar-se al dia, un sistema de fotocòpies per aconseguir autògrafs i revendre'ls, unes samarretes amb la inscripció del club i el més important: una presidenta.

No van picar l'ham.

–Jo, això de la presidenta ho trobo una cursileria. Si som demòcrates no calen presidents –va objectar la Febrònia Fivaller, amb els morros llardosos de sobrassada.

–Això és anarquia –va protestar la Cuca.

–Més m'estimo una anarquia que una dictadura –va contraatacar la Sònia, fent ganyotes per culpa de la tònica.

–El que hem de fer és limitar el poder de la presidenta. D'aquesta manera no hi haurà anarquia i no hi haurà el perill de convertir-se en una dictadora. Una cosa així com una reina «florero» –va resumir la Càndida en una rampellada de lucidesa política, afavorida per un estimulant bombó de licor.

Va deixar-les bocabadades.

–¿I com, com en limitaries les funcions? –va inquirir la Pepa, que de política no n'entenia un borrall.

–Doncs no tenint cap poder de decisió especial, fent de relacions públiques només.

La Cuca estava en minoria, però la molestava

el to conciliador, i al mateix temps resolutori, que tenien les opinions de la Càndida.

–Però els presidents manen i fan cimeres i van a sopar i es fotografien.

–I surten de pena a les fotos –va afirmar, taxativa, la Carmela Caravel·la.

–Jo sóc molt fotogènica.

No hauria d'haver-ho dit. Es veia claríssim que la Cuca pretenia que la votessin, encara que no ho havia fet evident. En el moment que la Cuca va pronunciar les fatídiques paraules, les seves amigues van esdevenir corruptes i van sentir mal gust de boca en paladejar la sobrassada i el formatge francès amb què la Cuca trepa pretenia comprar-les. Allò era una trampa com una muntanya.

A l'hora de la votació es van rabejar a consciència: quatre vots a favor de la Càndida; un, a favor de la Febrònia i un sol vot per a la Cuca.

La Cuca va envermellir. Totes sabien que s'havia votat a ella mateixa. Era imperdonable.

Aleshores, descoberta i humiliada, va reaccionar com ella sabia fer. Va agafar una enrabiada polonesa.

–Sou unes estúpides, la Càndida no té estil i ens farà quedar fatal quan els porti el ram de flors a l'aeroport. No sabrà llegir la carta i sortirà horrible a la fotografia.

Ella mateixa s'havia traït. Tenia tan assumit el tema de la presidència, que ja havia decidit el programa d'actes per al dia de l'arribada. Aleshores es va adonar que havia ficat la poca i encara es va enrabiar més.

–I si us pensàveu que us podríeu reunir a casa meva i beure la meva tònica i cruspir-vos els meus canapès i sentir la meva música aneu fresques, perquè no us penso convidar mai més i el meu papà no us pagarà les samarretes i la meva cosina no us deixarà ensumar la seva col·le d'autògrafs i...

–O sigui, que abandones el club –va concloure la Sònia, expeditiva.

La Cuca no volia dir tant, però se li havia escapat. Estava en una situació horrible. Sense club de fans i a les portes del festival, se sentiria pitjor que una formiga a l'Everest.

–¡No és veritat! Però sou vosaltres qui m'heu obligat a dir-ho, perquè primer parlàveu de democràcia i ara sou pitjor que la Tatcher. I és una injustícia que la Càndida parli amb ells, els toqui i els petonegi i que nosaltres ens hàgim de conformar amb un vídeo de segona i...

–Doncs has estat d'acord quan parlàvem que la presidenta fes de florero. Si ja ho havíem decidit abans, ara no ho podem canviar –va tallar-la la Carmela.

Aleshores la Càndida va reaccionar. No havia dit res durant tota l'estona. Quan la van triar presidenta no havia sabut si considerar-ho un honor o una marranada, ara tenia una sola cosa clara: estigués d'acord o no amb els floreros seria presidenta per fer la pirula a la Cuca Cordill.

–Mira, Cuca, tens dret a rèplica, pero no ens podem entretenir més en aquest punt, i si et poses tonta no et concediré la paraula.

Van acabar la reunió a la granja de la cantonada. La Cuca els va arrencar els canapès de la mà, els va buidar els gots de tònica, les va obligar a buidar-se les butxaques de bombons i els va tancar la porta al nas.

La guerra estava declarada.

–¿Però continua sent del club o no? –va preguntar la Pepa, que no entenia res de res.

–Com que no ha dit que abandonava, és una sòcia discrepant –va aclarir-li la Càndida, que cada cop se sentia millor en el seu paper de presidenta doctrinària.

–¿I això què vol dir?

La Carmela Caravel·la va pintar-se els llavis i va contestar per totes.

–Vol dir que és la Cuca Cordill. *That's all.*

Aclarida la confusió, les membres no discrepants van ordir l'estratègia de la rebuda a l'aeroport, el pla perfecte per a l'assalt de les habitacions de l'hotel i la compra immediata d'entrades per al concert.

La Càndida, solemnement, va donar per finalitzada la reunió i va tornar cofoia cap a casa.

Ja no era una estudiant mediocre, ni una filla vulgar, ni una germana odiada, ni una escolar sense nòvio. Era tota una presidenta i tenia moltes responsabilitats.

Primer i abans que res havia de redactar una carta de benvinguda per llegir-la el dia de l'arribada dels Eskolars a l'aeroport.

¿Estaria a l'altura de les circumstàncies? ¿Tindria prou estil? ¿S'adonarien que era tota una presidenta?

Això es veuria el dia X.

El dia X va fer acte de presència un divendres emboirat i xafogós. A les sis aterrava l'avió dels Eskolars i el club de fans i la Càndida els esperaven des de les cinc, però no eren les úniques. L'aeroport era ple com un tortell d'escolars faldilleres amb les ungles rosegades de l'emoció. La Càndida se les mirava i es preguntava si la reconeixien com «la presidenta». ¿Quantes n'hi devia haver? Una munió de presidentes inexpertes com ella, llegint el discurset d'amagat, mirant-se la faldilla d'esquitllentes i matxucant el ram de flors, desesperades.

La Cuca, distant i ofesa, no deia res.

El grup de fans donava instruccions a la Càndida.

–Entra a sac i sense contemplacions.

–No tinguis pietat.

–Hem de ser les primeres a felicitar-los.

–Porta'ns un grapat de cabells.

–Les flors per al Riqui, que és el més guaperes de tots.

–Els autògrafs sencerets, res d'inicials.

–¡Empenta!

–¡Crida!

–¡Mossega!

–¡¡¡JA!!!

En el moment que la megafonia anunciava l'aterratge, la Càndida va ser empesa per una riuada humana enfervorida que la va esclafar contra una rossa tenyida amb oxigenada i la va premsar contra una aspirant a model de metre setanta, que li va entaforar la cabellera a la cara i li va clavar tots els ossos. No es podia moure. Impossible pensar en les seves fidels amigues i impossible pensar a arribar a les primeres files.

¿Resistiria, però?

¿Tindria suficient oxigen?

Un grup de fans mongils, amb uniforme de les santes rodesianes, van començar a cridar com a possesses. Eren tan sols a mig metre de les orelles de la Càndida i, com que no podia ni cobrir-se-les amb les mans perquè les tenia immobilitzades, va témer seriosament per la integritat dels seus timpans.

¡Com cridaven, les mosquetes mortes! Allò era una agonia.

De sobte va assitir a una agonia veritable. Una moreneta amb la cara pigada i samarreta del seu club va patir una mena d'atac d'epilèpsia identificable amb el límit de la histèria. La va secundar una balena, amb la minifaldilla arremangada fins el melic, que va esclatar en grans plors. Immediatament les aprenents de mongetes van cridar més fort.

La Càndida va creure fermament que allò era el final. El final de la seva vida. Quinze anys malaguanyats per acabar feta una coca entre milers d'histèriques que la piconarien per acostar-se un mil·límetre a la distància insalvable de quatre fantasmes que enregistraven elepés.

Quan els quatre fantasmes van aparèixer, parapetats rere uns goril·les malcarats, el caos va superar totes les previsions.

La rossa es va arrencar els cabells oxigenats, la model va intentar enfilar-se damunt el cap de la Càndida, les mongetes volien treure's els uniformes i la balena ploranera va augmentar els plors fins a arribar als brams i la va deixar xopa.

Però el pitjor de tot va ser quan la marea es va començar a moure. En el moment que es van alliberar mans i cames, les puntades de peu, les esgarrapades i les bufetades van substituir els gemecs.

Era la guerra.

La Càndida va intentar sobreviure i, com que estava ben dotada per a la supervivència, va començar a repartir galetes a tort i a dret i va aconseguir continuar dreta i sencera.

Sencera és un dir. Només aspirava a evitar que li fos arrencada una cama, un braç o la cabellera. Això ho va aconseguir, però en canvi va perdre les dues sabates, el pobre ram de flors, la bossa i la faldilla. Inexplicablement va conservar la carta.

La Càndida, amb els punys tancats i disparant cops certers, sospirava perquè tot acabés ràpidament. Una bala entre els ulls, una destral al cap, tot abans que la perllongació d'aquells instants. Li semblava inconcebible resistir en aquelles condicions un minut més. Estava amarada de suor i el cor li bategava a dos-cents.

Va durar mitja hora. Després de la mitja hora que van trigar el Eskolars Kaníbals a abandonar el recinte, els camillers i els serveis d'urgència es van poder obrir pas i van començar a arreplegar les fans agonitzants, que jeien inconscients o gairebé.

La Càndida estava sencera i de peu dret. Era

una triomfadora. Potser perquè era una presidenta i estava feta d'una altra pasta.

Les cames li tremolaven i, descalça, sense faldilla, sense ram, amb la brusa estripada i els cabells suats, va caminar vacil·lant cap a l'extrem oest, on havia quedat amb les amigues.

Havia sobreviscut i, en aquells moments fugaços de lucidesa que dóna la proximitat de la mort, havia tingut una revelació.

Ara veia les coses clares.

Com un autòmat programat va acostar-se en silenci cap al grup d'amigues que la contemplaven esgarrifades. En ser al seu davant es va abraçar a la Cuca, li va agafar la mà, li va entaforar la carta rebregada i va pronunciar unes paraules carregades de simbolisme.

–La presidenta ha mort. Visca la presidenta.

La Cuca no sabia gaire història però va entendre que la Càndida dimitia i que la nomenava nova presidenta. Li va encantar.

La Càndida es va quedar uns instants immòbil, mirant a l'infinit i reflexionant sobre la seva revelació. Era tan diàfana, tan clara i tan rotunda que aquest cop no s'havia equivocat.

La revelació era la següent:

S'havia de ser una imbècil integral per il·lusionar-se com una imbècil per quatre imbècils, patir fins a límits sobrehumans com una imbècil durant mitja hora i arribar a la conclusió que tot havia estat una imbecil·litat.

L'única imbècil que coneixia, capaç de fer aquelles imbecil·litats era, evidentment, la Cuca Cordill.

6 *El cul de la Càndida*

LA CÀNDIDA estava mosca. Li havia crescut el cul una barbaritat.

Primer van ser els texans, més ben dit, la maleïda cremallera dels texans que no pujava. Es va quedar amb la cremallera a les mans. Va agafar una enrabiada polonesa i va acusar la seva mare de cosidora inepta.

–¿I jo, què vols que t'hi faci? Te l'he cosit tres cops, però em sembla que ja no hi ha remei.

–¿Què vol dir, que no hi ha remei? ¿I per a què serveixen les mares si no és per posar remei a les coses que no tenen remei? ¿T'has cansat de ser la meva mare? ¿T'has tornat una mare mandrosa?

–¡Que et bombin, maca!

La mare s'havia ofès i la Càndida es va adonar que havia ficat la pota fins al coll.

–Però si ets perfecta, mama, el que passa és que sóc una grapes i el fil deu ser de mala qualitat. Mira quina merda de fil, l'estires i fa «pef».

–El que passa és que tens el cul gros. Dóna'm els texans. Els guardaré per a la Lucil·la.

La Càndida es va posar groga, vermella, violeta i, finalment, va esclatar. Els seus germans es van atrinxerar darrere el sofà com feien habitualment.

La Càndida era com un tifó.

–¿Jo, el cul gros? ¿Jo tinc el cul gros? ¡Deu ser que no has vist el de la Cecília Cardoner! ¡Allò sí que és un cul gros! ¿I el teu? ¿T'has vist el teu? Segur que et fan pagar dos bitllets a l'autobús. ¡I vosaltres, no rigueu!

La Lucil·la, en Gaudenci i en Marcel·lí, que s'estaven petant de riure, van emmudir.

–El problema és que tinc una mare inepta que no sap enfilar una agulla, una rentadora merdosa que encongeix la roba i... i... (buscava més culpables i els va trobar) i uns germans estúpids que no saben què és un cul perquè no en tenen i...

–¡Jo, sí! –va protestar la Lucil·la, abans que en Gaudenci tingués temps de tapar-li la boca.

La Càndida s'hi va acostar amenaçadorament.

–¿Ah, sí, microbi repugnant?

Ràpida com un llampec, la mare va fer una entrada d'home de Harrelson i va deixar KO la Càndida quan estava a punt d'esclafar la Lucil·la com una puça.

–¡Estàs desbarrant i no vull baralles! ¡Véste'n a l'habitació!

La Lucil·la tremolava mentre la mare s'enduia la Càndida fortament agafada.

Des del menjador van sentir l'espetec de la porta i un soroll de mil dimonis. La Càndida obria calaixos i remenava armaris amb furor de primogènita desesperada.

¿Gastava la quaranta-dos?

La Càndida havia fet una estesa de faldilles i pantalons per damunt la catifa, les joguines, la bicicleta i el llit, i comprovava amb estupor que totes les peces que engrapava es negaven a cordar-se o a pujar-li malucs amunt.

¡Allò era una conxorxa!

Segur que la mare li havia canviat la roba per fer-li creure que estava com un transatlàntic i estalviar-se els entrepans de salsitxes. Sempre deia que els arruïnava.

De seguida va descartar aquesta possibilitat, per mesquina.

Tal vegada era un experiment d'en Gaudenci, que li havia encongit la roba amb un detergent ecològic de la seva invenció.

També la va deixar córrer per massa imaginativa. En Gaudenci només llegia com un franciscà reumàtic.

Potser havia estat la Lucil·la, que tenia enveja del seu vestuari i pretenia heretar-lo abans d'hora.

Però la Lucil·la no sabia cosir, ni sabia encongir roba, ni sabia res de res.

No va trobar cap mòbil pervers que pogués encausar ni el pare ni el cuc bavós d'en Marcel·lí en aquella broma de mal gust.

Aviat es va quedar sense culpables.

Era terrible. Si no hi havia motius, si no hi havia sospitosos, ¿per què dimonis no li cabia la talla quaranta?

Amb un no sé què de «si m'ho crec, no m'ho

crec», es va acostar amb recança fins al mirall.

La primera reacció va ser pensar que el mirall s'havia espatllat. Es va intentar convèncer. Resultava creïble. Si es fan malbé les teles, els rentaplats i els ordinadors, ¿per què no es poden espatllar els miralls?

No es va ficar el gol. Era una descreguda. La realitat era tan crua, tan desesperadament evident que es va quedar sense els seus recursos de supervivència habituals.

L'únic autèntic i veritable culpable era el seu cul. Més ben dit, el seu ex-cul perquè no li era amiga. Havia tingut la barra de créixer sense el seu permís.

El cul de la Càndida s'havia passat a la quaranta-dos.

La Càndida es va asseure al llit, voltada dels odiosos testimonis de la seva tragèdia.

Això volia dir que ja no es podria posar mai més la faldilla escocesa que feia plecs-plics, que quan bufava el vent se li aixecava com a *La mujer de rojo*. Ni tampoc podria lluir el vestit dels dissabtes de cine i patates fregides a la cantonada, que havia fet morir d'enveja la Cuca Cordill. Ni podria fardar amb els Lewis arrapats d'Andorra, que li quedaven xanxi piruli amb la caçadora de pell, ni...

Ni res de res. Amb una quaranta-dos no tenia cap futur.

Va apilar tota la seva ex-roba i va imaginar-se una gran foguera que lleparia el pòster de Mecano i s'enfilaria fins al sostre.

Es va imaginar a ella cremant estoicament al damunt de la pila i sacrificant-se, com una princesa índia, voltada dels seus tresors inservibles. Seria en trànsit cap a una altra vida etèria on no existirien els culs, ni les quaranta-dos, ni les Cuca Cordill que se'n riguessin, ni els Martí Montmeló que fessin esgarrifar, ni...

–¡Càndida, el berenar!

La mare era tan prosaica i terrenal que no tan sols ignorava el seu sacrifici sinó que a més la convidava a perpetuar la seva trista condició de foca temptant-la amb xocolates calòriques i croissants greixosos.

La Càndida va veure una porta oberta per a la seva salvació. No calia fer tanta fumera ni socarrimar-se com un pollastre a l'ast. Hi havia altres camins.

¡Faria règim!

¿No feien règim les mames, les tietes, les secres de segona, les hostesses de British Air, les models i les gimnastes?

Doncs ella, la Càndida, no es quedaria a la cua.

–Gràcies mama, no berenaré perquè faig règim.

La mare va entrar com un coet a l'habitació, amb l'evident intenció de coaccionar-la.

–¿T'has tornat ximple?

–M'he tornat grassa.

–¡Estàs creixent!

–¡I un be negre! Fa més de sis mesos que no creixo ni un centímetre. Si menjo m'engreixaré i prou.

–I si no menges, acabaràs que t'haurem de portar a l'hospital.

–Qui ha dit que no menjaré. Penso fer règim. Ja ho saps, coses lights.

La mare va fer una cara que la Càndida coneixia prou: maquiavèlica.

–¿O sigui que vols fer règim? ¿Vols dir que menjaràs bledes bullides, carn a la planxa, verduretes sense sal i peix blanc?

La Càndida va fer un gest de repugnància.

–¡Puagg! Això és menjar de iaios amb colesterol, jo vull dir coses light, ja m'entens, macarrons lights, xocolates lights, estofats lights.

La mare no ho volia entendre.

–No en fan, de tot això, Càndida. Si ho vols pots prendre llet descremada, que és fastigosa; o galetes de règim, que semblen serradures; o formatgets insípids sense calories. El règim que fa aprimar és el que t'he dit jo.

La Càndida va ser valenta.

–Molt bé, doncs menjaré porqueries d'aquestes teves fins que torni a gastar la quaranta.

La mare havia guanyat.

La Càndida es va quedar resignada a la seva sort. De moment havia rebutjat un croissant deliciós i una xocolata que es desfeia a la boca, dolça com la mel. Se li va fer salivera.

Va sentir la veu de la Lucil·la. La Lucil·la tenia una veu cridanera, que se li clavava al cervell.

–Mama, ¿em puc halar el berenar de la Càndida? Jo no m'engreixo.

La Càndida es va reprimir el gest de sortir

esperitada i prendre el que era seu de les mans d'aquella aprofitada, però va poder resistir la temptació.

Ella era una noia coratjosa i valenta, que havia pres una determinació heroica. No pagava la pena posar-se pedres al fetge per un berenar miserable ni per una germana roïna.

La Càndida es va entaforar un xandall ajustat, que encara li cabia, va endreçar la roba i la va desar amorosament a l'armari, amb la ferma esperança de treure-la la setmana següent, i es va asseure a la seva taula per enllestir els deures.

Al cap de mitja hora, el seu estómac la va trair. Era impossible fer deures amb aquell batibull de budells que reclamaven el que era seu. Era desesperant.

Com que no tenia gens de voluntat, va obrir la porta de l'habitació, va mirar si hi havia moros a la costa i va escapolir-se com una lladregota fins a la cuina.

La cuina feia una pudor insuportable de bledes bullides. Les seves bledes bullides. ¡Quina perspectiva de vida insípida!

Va obrir la nevera i allà, a peu dret, va endrapar un petit suís de plàtan d'en Marcel·lí, les restes de bunyols de bacallà que havien quedat del dinar i una meravellosa salsitxa de frankfurt freda que li va semblar celestial.

Amb la boca plena va sentir el timbre de la porta.

No va gosar respirar i es va afanyar a entaforar-se la resta de la salsitxa per no ser descoberta. Tenia la boca tan plena que la salsitxa li sortia per les orelles. Però va poder sentir la veu d'en Gaudenci.

Saludava un tal Viqui Pigallat que li portava un munt de llibres. El coneixia de referències. El plom d'en Gaudenci s'havia enamorat de la seva biblioteca i feia viatges amunt i avall carregat amb els fantàstics llibres d'en Viqui Pigallat. Devia ser un mitjamerda amb ulleres com en Gaudenci.

La Càndida es va netejar les engrunes de salsitxa i va dissimular. S'acostaven a la cuina. Que estrany, la veu d'en Viqui Pigallat era una veu d'home. Devia ser un fenomen ple de grans que havia fet l'estirada abans d'hora.

–Hola, Càndida, aquest és en Viqui Pigallat. M'ha portat *La Fundació* de l'Asimov, que té la tira de pàgines amb lletra petita i és d'aquests que enganxen.

La Càndida estava lívida. En Viqui Pigallat devia tenir pel cap baix disset anys, era ros, tenia els ulls blaus, unes pigues precioses i la mirava com si fos un quadre de museu. La Càndida va mussitar un hola imperceptible i va abaixar la vista. L'atabalava en Viqui mirant-la d'aquella manera.

En Gaudenci buscava una lionesa de crema que quedava a la nevera per convidar el seu adorat mestre-llibreter i fardava de la seva amistat.

–En Viqui és massa, ho sap tot. Toca jazz, tradueix del rus, pinta i fa poesies. Ens vam conèixer a la biblioteca. ¡Au, Càndida, preguntali alguna cosa! Ho sap tot, és com l'Espasa.

La Càndida hauria volgut tenir una pistola làser per fulminar el seu germanet imbècil. Se sentia com en Tarzan en una convenció de yuppies, vestida amb aquell xandall horrible, arrossegant un cul de la quaranta-dos i amb els dits greixosos de salsitxa.

En Viqui Pigallat no devia pensar el mateix perquè no deixava de mirar-la. Li va estrènyer la mà i va mormolar amb una veu càlida:

–Portes un xandall preciós.

La Càndida es va arrapar a la paret com una sargantana, per fugir a la primera de canvi. Va disculpar-se i va sortir de la cuina com un coet. En girar-se, però, va sentir com la mirada d'en Viqui Pigallat la traspassava. Estava convençuda que li mirava el cul. Es va girar i va descobrir un gest d'admiració.

La Càndida n'estava segura. Li havia agradat. No era estúpida i sabia llegir els ulls. «Estàs superbé», li deien els ulls d'en Viqui Pigallat.

Amb un somriure de triomf va continuar caminant amb aplom i trepitjant fort pel passadís. Abans d'arribar a la seva habitació ja s'havia oblidat de les bledes, dels sacrificis, d'en Martí Montmeló, de les rialletes de la Cuca i de la seva exquaranta.

Se sentia fantàstica.

7 *Les rebaixes de la Càndida*

LA CÀNDIDA havia arribat a la terrible i dolorosa conclusió que tota la roba que tenia era un fàstic.

Era un fàstic perquè l'havia comprada amb la mare, era de nena i no li quedava gens bé.

El detonant havia estat un comentari fet per la Cuca Cordill poc abans de les vacances.

–Càndida, filla, hi ha dies que sembles una col·legiala de les monges i d'altres que vas feta una kumbaià. No tens un estil propi.

Les paraules de la Cuca l'havien fet reflexionar. Ni tenia estil propi, ni mai, fins aleshores, no s'havia plantejat que allò de l'estil pogués ser definitiu.

Potser si no hagués estat per en Viqui Pigallat no hauria tornat a pensar en l'espinós tema de l'estil i s'hauria comprat un ròtring fabulós, un nou compacte espaterrant o unes bambes de competició, però la Càndida sabia que amb qualsevol d'aquestes coses no es guanyaria l'admiració de l'enigmàtic amic del seu germà.

Calia fer-se una imatge, una imatge de dona que gasta la quaranta-dos, que no és cap col·legiala ni cap kumbaià i que pretén que un tal

Viqui la miri i sigui ingressat tot seguit a l'UVI amb una bombona d'oxigen.

Només hi havia una solució: aniria de rebaixes amb la Cuca Cordill.

Entre l'assignació de desembre i gener, les picossades de Reis de la iaia, la tieta Roser i l'avi Anton i l'avançament pactat del seu regal d'aniversari, va arreplegar un feix de bitllets que li va semblar una fortuna.

La Cuca Cordill, que no tenia problemes monetaris, es va mostrar disposada a compartir amb ella una tarda de bogeria consumista.

La seva mare no li va posar cap trava, però en el fons del fons no s'avenia a tenir una filla adulta amb dret a la pròpia imatge. La feia sentir terriblement vella. La va acomiadar a la porta i, tot i que es va mossegar la llengua dos cops, no va poder estar-se de les advertències de rigor.

–Càndida, vigila que no et prenguin la cartera, i pregunta per la qualitat del teixit, sobretot no et refiïs de les gangues i si no n'estàs segura no compris res.

–¡Adéu, pesada!

La Càndida estava esverada de debò i la Cuca, asserenada com una dona de món que ha de complir amb una obligació ineludible, se la mirava amb la distància de l'experiència.

–¿Tu, què creus, Cuca? ¿Quins colors m'afavoreixen més? A mi em sembla que el blau marí i el verd poma són els que em van. Estic farta del marró i el carbassa.

Caminaven a bon pas cap al centre. La Càndida xerrava pels descosits mentre la Cuca repassava mentalment les botigues més modernes que calia tafanejar per enlluernar la seva amiga provinciana.

La Càndida va voler fer drecera pel parc i la Cuca no ho va trobar ni bé ni malament.

–Estic segura que unes faldilles amples em quedarien de conya. Amb un abric de capa i un jersei de coll alt no se'm veurien els mitxelins, tindria un aspecte elegant, a més no patiria pel cul i...

La Càndida va callar en sec. Uns metres davant seu, asseguts civilitzadament en un banc del passeig, acabava de veure la colla dels Tomorrow Boys, la litrona a la mà, disposats a matar el tedi d'un dissabte a la tarda fotent-se dels il·lusos que caminaven pel parc. Evidentment, ells no anaven de rebaixes.

La Cuca i la Càndida van alentir el pas i van mirar amb dissimul cap a totes bandes. No hi havia escapatòria. Havien de desfilar davant dels ulls fotetes dels Tomorrow Boys o girar cua i quedar en el ridícul més espantós. La Cuca va adoptar un posat de princesa altiva i va avançar amb el cap alt i la bossa ben agafada. La Càndida, al seu costat, mirava d'imitar-la.

–Mireu les titis de les monges.

–¿Vols un caramel, maca?

–La mama li ha dit que no parli amb senyors que marquen paquet.

–¡Hi, hi, hi!

–¡Tanqueu la bústia, mitjamerdes!

En Deivi Rinxolets s'havia alçat de la gespa amb una noia arrapada a la seva xupa.

La Càndida, amb els colors a la cara, li va dedicar un somriure d'agraïment. Era tot un cavaller. Aleshores es va fixar en la noia. Duia samarreta negra, pantalons i caçadora de cuir, botes tres números més grans, mastegava un xiclet amb deixadesa i les arrecades li arribaven als peus. La Càndida es va quedar impressionada. Allò era una dona. Vestida d'aquella manera no podia haver-hi Deivi Rinxolets que se li resistís.

–Càndida, afanya't –va suplicar la Cuca Cordill, morta de por.

Fins que no van posar els peus en una vorera plena de vianants, la Cuca no va tornar a respirar. Aleshores va explotar.

–Però, ¿què hi feies allà al mig com un estaquirot?

La Càndida, amb una llumeta als ulls, havia vist el món per un forat.

–¿T'hi has fixat?

–¿En què?

–Doncs en la titi d'en Deivi.

–¿Aquella heavy?

–Ja sé quin és el meu estil. Em vestiré amb pantalons arrapats, faldilles curtes, jerseis negres, botes i xupes.

–Estàs pirada.

–Pirada per en Viqui Pigallat. Em veurà tan irressistible que li cauran les pigues.

La Cuca la va agafar pel braç i la va arrossegar cap a la gentada enfervorida que assaltava botigues amb desesperació.

La Càndida va mormolar-se «a l'atac», i es va sentir una heroïna del segle vint. Allò era la guerra i ella ja tenia clara quina seria la seva batalla.

¡Es transformaria en la Càndida heavy!

La Càndida va lluitar amb ungles i dents per aconseguir uns pantalons de cuir de la quaranta-dos que pretenia agafar-li de les mans una rossa tenyida, va regirar tres magatzems fins a encertar la xupa que no li marcava panxa, va fer cua dues hores per pagar la samarreta negra de cotó rebaixada a meitat de preu, va emprovar-se les botes bo i dreta perquè no quedava cap seient buit a la sabateria, va deixar-se ensabonar per la dependenta que li va vendre la mini i que li jurava i perjurava que ella la tenia igual i la duia tots els dies excepte aquell, i es va quedar en números vermells abans de poder comprar-se les arracades. La Cuca no ho entenia.

–Però, ¿què faràs amb tot això? No t'ho podràs posar per l'aniversari de la Febrònia.

–Aniré a esperar en Viqui Pigallat a la biblioteca i li cauran tots els llibres en veure'm.

–Ta mare no et deixarà sortir de casa amb les faldilles tan curtes.

La Càndida no hi havia pensat gens, però ara que la Cuca treia el tema intuïa que la seva mare no s'entusiasmaria precisament amb la seva nova imatge dura i negra. Era d'una altra generació. Va encongir-se d'espatlles fingint una indiferència afectada.

–Pitjor per a ella, si no li agrada que no miri. Mentre em miri en Viqui en tinc prou.

–Els pantalons et marquen el cul.

–Així estaré més sexi.

–El meu pare odia les xupes, o sigui que quan vinguis a casa no te la podràs posar.

La Càndida començava a sortir de polleguera. La Cuca s'havia mostrat moderadament crítica durant la tarda, però ara, li veia perfectament les intencions, pretenia minar-li la moral. Va intentar desviar la conversa. Començava a neguitejar-se.

–Em sembla que aquesta nit fan una pel·li bona.

La Cuca era d'idees fixes.

–No t'ho posaràs mai. Sort que no has trobat les arracades.

–¿I per què no m'ho has dit abans, eh? ¿Per què m'ho dius ara, quan ja m'he gastat les peles?

–Perquè estaves tan obsessionada que no m'hauries fet cas. A més, abans no ho veia tan clar. Estic segura que l'has cagat.

La Càndida s'havia posat de molt mal humor. La Cuca desaprovava la seva compra, els pares s'esgarrifarien en veure-la, en Gaudenci i la Lucil·la es farien un panxot de riure, a l'escola no la deixarien entrar, les mares de les seves amigues li prohibirien visitar-les.

Una única cosa la consolava: a en Viqui Pigallat li canviaria el color dels ulls.

En aquells moments tenia veritable urgència per ser tota sola a la seva habitació i emprovar-se el seu nou conjunt en solitari, davant del mirall. Només així es tranquil·litzaria i es convenceria que l'havia encertada. Li quedava tan bé a la nena d'en Deivi.

La Càndida va entrar a casa amb el cor encongit, la cartera buida i la bossa plena de roba dubtosa. Havia de recuperar la confiança perduda. Afortunadament només hi havia en Gaudenci llegint a la cuina i menjant donettes.

La Càndida va fer una advertència de germana gran:

–No em molestis, microbi.

Tot seguit va córrer cap a la seva habitació, es va despullar i va estendre les seves adquisicions damunt el llit. Es va empassar saliva. Potser n'havia fet un gra massa. Tot plegat tenia un aspecte tant llòbrec i tan negre... Finalment, s'ho va posar.

Va tancar els ulls i els va tornar a obrir. Aquella no era ella. Aquella mena de bandolera endiumenjada, llustrosa i embotifarrada no era la Càndida.

–¡La mare del Tano! ¡Estàs sensacional, tia!

Era en Gaudenci, amb una boca de pam i les mans brutes de xocolata, que se la mirava des de la porta.

–¡T'he dit que no em molestessis!

–¡Però, però, ets massa! ¡Ostres, Càndida, sembles la nòvia d'en Deivi Rinxolets! ¡Ets fins i tot una tia bona!

La Càndida li va agrair la seva indiscreció.

–Gràcies. ¿Així, em queda bé?

–Bé no, et queda supersònic.

–Ehem... ¿I als teus amics també els agradaré?

–Segur que se't rifaran, no n'hi ha cap que tingui una germana que tingui nassos de vestir-se de heavy.

–Jo vull dir els teus altres amics. Ehem, més grans, ehem, en Viqui Pigallat, per exemple.

–¡Ni pensar-hi! En Viqui Pigallat és un carrossa que abomina els heavys, li agraden les noies amb faldilles llargues i abrics de capa blau marí i cursilades d'aquestes, però en Jordi Jardinet caurà de cul i em deixarà el seu hàmster una setmana.

La Càndida va empal·lidir.

–¿Vols dir que a en Viqui Pigallat no li semblaria una tia bona?

–Gens, odia a mort en Deivi Rinxolets i troba la seva nòvia fastigosa, però a mi m'agrades molt.

La Càndida va esclatar en un plor incontenible. En Gaudenci estava ben sorprès, veure plorar la Càndida era una cosa inusual.

–¡Vés-te'n d'aquí, miop llengua llarga, microbi pudent!

–Però, ¿però jo què he dit? No m'has entès bé, jo t'he dit que estaves molt guai i que et trobava una germana sensa...

Però el pobre Gaudenci es va trobar amb una bota llançada amb mala punteria i que es va encastar a la paret.

–¡Fora d'aquí!

Va tancar la porta amb suavitat per no irritarla més i va decidir continuar amb la seva novel·la. Definitivament, les germanes grans eren un dels misteris més apassionants de la naturalesa.

De dins estant se sentien els sanglots desesperats de la Càndida que ressonaven en el pis buit.

8 *La Càndida enamorada*

LA CÀNDIDA havia amagat la roba heavy al fons de l'armari, sota el pijama de piquets, i havia intentat oblidar el seu fracàs de dona amb estil traient ferro a l'assumpte. ¡Bah! Al cap i a la fi només havia perdut una picossada de diners i una tarda amb la Cuca Cordill. De diners i de tardes en tindria tantes com voldria.

Aviat va superar el mal moment i de seguida va semblar que tot tornava a la normalitat, però ella no n'estava gens, de normal. La primera a detectar-ho fou la Lucil·la.

–Mama, ¿la Càndida es morirà aviat?

La mare va deixar caure el diari i va tancar els dibuixos esverada. En Gaudenci i en Marcel·lí van protestar, però no els va servir de res.

–¿Per què ho dius, això?

–Doncs perquè fa molts dies que no em diu microbi repugnant, no em dóna puntades de peu ni em pren la xocolata.

El raonament de la Lucil·la era contundent. A la Càndida li passava alguna cosa. En Gaudenci, oblidant-se dels dibuixos, va afegir la seva.

–Sí. I a més ahir em va dir maco i em va

preguntar quin llibre havia llegit. I cada cop que sona el telèfon surt corrents i quan truquen a la porta es fica al wàter i es pinta els llavis.

La mare va pensar que estava perdent facultats i va decidir que a partir d'aquell moment exerciria d'investigadora privada.

Efectivament. Una setmana d'observació li ho va confirmar. La Càndida sospirava, no llepava el plat de la nata, es netejava les sabates tres vegades abans de sortir de casa, li prenia el rímmel d'amagat, somreia a en Gaudenci, fullejava els seus llibres al wàter i petonejava en Marcel·lí. Hi havia moltes evidències.

Des d'aquell moment es va mirar la Càndida amb uns altres ulls i, sense confessar-ho a ningú, es va sentir molt vella. Ja havia extret les seves conclusions i la principal de totes era que no s'hi podia fer res. Per això estaven les amigues. Les mares, ja se sap, no serveixen per a aquestes coses.

I la Càndida va recórrer a les amigues.

Després de tres intents havia aconseguit segrestar la Febrònia Fivaller i, asseguda a les escales del pati, li explicava les seves penes, sanglotant entre queixalada i queixalada d'entrepà de sobrassada.

–Fins i tot la meva mare se n'ha adonat. Glup.

–És que se't nota molt –va fer la Febrònia, llepant-se els dits de foie gras–. No encertes ni una cistella i si continues així perdrem la lliga de bàsquet.

La Càndida es va exaltar.

–Se me'n fum la lliga de bàsquet, que se'n vagin a fer donettes les de l'equip. Quan era bona tampoc no m'ho agraïen i ara, que estic enamorada, totes em diuen inútil i em volen a la banqueta.

La Febrònia se la mirava com si tingués un virus.

–¿I és molt greu?

–¿Què és greu?

–Això d'estar enamorada.

La Càndida es va sentir important.

–És com quan tens febre, estàs tova com un petit suís, ets bona persona i plores com una tòtila per no res. Ahir vaig plorar amb *Las chicas de oro*.

La Febrònia va posar el dit a la llaga.

–I el pitjor és que no saps si ell està enamorat de tu.

La Càndida va pensar que no tenia més gana i va oferir el crostó a la Febro.

–I això, què importa, ¿eh?

–És clar que importa. Si ell no ho està, pots fer dues coses: intentar enamorar-lo o pensar que és un imbècil i desenamorar-te; i si ho està, se't passarà la tonteria aquesta perquè t'acompanyarà a casa i us fareu petons a la porta i aleshores encertaràs les cistelles i guanyarem.

La Càndida, que entre altres coses havia perdut la facultat de raonar amb lògica, va quedar admirada.

–Kòsmik, Febro, no m'estranya que et bufis les mates, ets un Einstein. ¿I què he de fer?

La Febro, que s'havia guanyat la sobrassada, va empassar-se el crostó i es va eixugar la boca amb la màniga d'una forma molt poc elegant. Necessitava temps per pensar.

–Mmm. Pots fer dues coses. O bé li dius que estàs enamorada d'ell o bé li dónes una excusa perquè t'ho digui.

–Però, ¿dir-li-ho, com? ¿Per telèfon? Vols dir que li truqui i li digui: «Hola Viqui, tio, em moles, tens uns ulls com dos semàfors i voldria ser una piga per arrambar-te.»

La Febrònia va obrir una boca de meló. Mai no havia vist la Càndida tan llançada.

–Això és una porcada, has de ser més fina.

–¿Sí? Doncs li podria dir: «Viqui, em moro per tu, no menjo, no dormo, no encerto la pilota i m'equivoco d'autobús.»

–Això és una cursileria.

–Doncs dóna'm una idea millor. Només serveixes per criticar.

–Doncs jo no li diria res per telèfon, perquè si li ho dius per telèfon no veuràs la cara que fa, i si es talla la comunicació no sabràs si és que li ha caigut el telèfon de la impressió o si t'ha penjat per la cara. I aleshores passaràs una nit sense dormir, convençuda que l'has cagada, i et sentiràs idiota i...

–Molt bé, para el rotllo. Si no parlo per telèfon, ¿com li ho dic?

–Doncs per casualitat. Vull dir que sembli una casualitat i que no ho sigui, ja m'entens, ¿oi?

Tu et trobes amb ell en un lloc que saps que ell hi serà i fas veure que és una casualitat.

–Sí, és clar, me'l trobo pel carrer i li dic: «Oh, Viqui, quina casualitat, precisament estava pensant que estic molt enamorada de tu, que casual, ¿oi?»

La Febrònia es va ofendre, es va espolsar les molles de pa i es va posar dreta.

–Si no em vols escoltar i et fums de tot el que et dic, ja pots demanar consulta a en Gaudenci.

La Càndida va reconèixer que havia abusat de l'amistat.

–Seu, Febro. Perdona, però m'atabalo perquè estic nervioseta i..., ¿vols un xiclet de menta súper? Au, no t'empipis, que em va molt bé tot el que em dius.

–Doncs no ho sembla.

–Que sí, mira, tinc una idea. De fet ja se m'havia acudit abans. En Viqui va algunes tardes a la biblioteca. Mira, jo vaig a la biblioteca, faig veure que llegeixo un dels seus llibres preferits i quan ell arriba el saludo. Ens asseiem junts i aleshores m'hi declaro.

–La bibliotecària et farà callar.

–Doncs m'hi declaro a la sortida.

–Jo de tu no m'hi declararia el primer cop que estàs sola amb ell. Es pensarà que ets una maníaca.

–Doncs, ¿què li dic?

–Parles de coses, li fas la pilota, et fas la simpàtica, li rius totes les estupideses, li demanes que t'acompanyi a casa, rellisques pel carrer perquè t'ajudi a aixecar-te i al final li proposes per quedar un altre dia a la biblioteca.

–¡Sensacional! Ara sóc una experta en llibres perquè m'he dedicat a empassar-me'n principis i finals al wàter. Sóc boníssima en principis i finals. En Gaudenci està encantat i és tan tonto que m'ha deixat tots els preferits d'en Viqui. Puc parlar hores i hores sobre llibres. Així doncs el meu pla és passar una tarda amb en Viqui, aconseguir que m'acompanyi a casa, caure pel carrer, parlar-li de llibres i quedar un altre dia.

–Sí, això es diu enrotllar-se.

Va tocar el timbre i es van aixecar.

–Jo de tu practicaria la caiguda. Si la fas bona pot ser que et faci algun massatge i tot.

La Càndida va afegir-la a la llista de consells. Estava francament admirada.

–Escolta, Febro, ¿com és que estàs tan al dia de tios?

La Febrònia va fer petar la llengua.

–Doncs per les meves germanes. Es passen el dia fent imbecil·litats com tu i explicant-se la vida per telèfon. Mai no hauria cregut que els seus rotllos florentins em servirien per fer-te un favor.

La Càndida es va sentir miserable.

–¿Vols dir que a les teves germanes els passa el mateix que a mi? ¿Exactament el mateix?

–Piga més piga menys.

La Càndida no va fer cap comentari, però va baixar tres punts en l'autoestima. Era una vulgar mortal. ¡I ella que es creia tan especial!

La Càndida va anunciar oficialment a la família la seva novíssima i acabada de descobrir passió literària i va reservar la tarda de dimecres per passar-la a la biblioteca. Abans va departir llargament sobre llibres amb en Gaudenci i li va regalar una regalèssia gegant de premi.

Dimecres a la tarda va sortir de l'escola amb l'abric de capa verd, la faldilla escocesa plecs-plics, un toc de rímmel esgarrapat a última hora de la Cuca Cordill i les consignes triomfalistes de la Febrònia ressonant-li fresques a les orelles.

Va empènyer la porta de la biblioteca amb els genolls tremolosos i no va gosar aixecar els ulls fins passada una bona estona. Encara no hi era. Tenia temps de demanar un llibre de l'Assimov i prendre posicions al bell mig de la sala.

La bibliotecària la va fer esperar mitja hora i, mentrestant, la Càndida ho va aprofitar per repetir fins a l'infinit comentaris brillants sobre *La Fundació* i observacions intel·ligents sobre Tolkien. Com més passava el temps més estúpida se sentia i més absurd li semblava tot. Desitjava amb tota la seva ànima que en Viqui patís un còlic nefrític o que s'escanyés amb la sopa de fideus. Tot abans que trobar-se'l aquella tarda.

Va intentar llegir per distreure's, però li fallava el cor i se li enterbolia la vista cada cop que la porta s'obria. Durant uns instants li canviaven els colors de la cara i volia fondre's. Seria incapaç de res, era una covarda, una escagarrinada, una mitjamerda.

A les vuit va marxar deprimida. Quan es va tancar la porta de ferro al seu darrere, va esclatar en un plor incontenible i se li va córrer el rímmel. Odiava els llibres, odiava la Febrònia i odiava els rotllos. L'autocompassió i la ràbia la van reconfortar. En arribar a la porteria se sentia tan revitalitzada que va pujar els graons de dos en dos.

En obrir la porta de casa en Gaudenci la va sortir a rebre. El molt desconsiderat semblava content.

–¿Com és que has arribat tan tard?

–I a tu què t'importa, microbi.

–En Viqui Pigallat t'ha estat esperant fins ara, et volia donar una cosa.

La Càndida va caure molt millor que en cap dels assajos que havia fet durant la setmana al pati de l'escola.

–¿T'has fet mal?

–¿I per què no em vas dir que venia avui a casa?

–Perquè no m'ho vas preguntar. Ell també s'ha quedat sorprès que no hi fossis i jo no sabia que fóssiu amics. Mira, t'ha deixat aquest paquet i ha dit que li truquis.

La Càndida mai no hauria pensat que obrir un paquet pogués durar hores. Va estripar el paper amb fúria. Era un llibre, un llibre molt poc romàntic que es titulava *Les cròniques marcianes*. Dins, però, hi havia una dedicatòria. La va llegir sense respirar i es va asseure a terra de bell nou. Li va semblar que hi havia un terratrèmol, hauria jurat que el terra trontollava. Llegia i rellegia la dedicatòria.

Si posaves els peus a Mart floririen els cràters.

Bon any.

La Càndida es va quedar una bona estona immòbil fins que el terratrèmol va cedir. Aleshores, després del cataclisme, va decidir que no trucaria en Viqui Pigallat aquell vespre i es reservaria el seu as a la màniga.

Això, segurament, hauria estat el que li hauria recomanat la Febrònia Fivaller. Ja en començava a aprendre.

9 *La Càndida il·luminada*

LA CÀNDIDA estava ben decidida. Havien passat dos dies d'ençà la sorpresa de la dedicatòria d'en Viqui. Ja havia passat el temps prudencial. Així doncs, li trucaria i s'ho faria venir bé per convidar-lo una tarda a casa.

Dijous, per exemple, era un dia magnífic. Podrien estar sols perquè la mare s'enduia en Marcel·lí i la Lucil·la a veure la iaia.

Va agafar l'aparell amb valentia, però immediatament el va tornar a penjar. ¿Què li passava? No tenia prou clar el que li diria. Hauria d'assajar-ho abans.

–Ehem, sóc la Càndida, ¿com et va la vida?

No, allò de «com et va la vida» ja era massa. Si no has parlat mai per telèfon amb una persona no pots començar preguntant «com et va la vida». Ho intentaria de bell nou.

–Hola, sóc la Càndida, estava avorrida i...

No, l'excusa de l'avorriment era idiota. Li calia un altre començament.

–Hola, Viqui. Acabo de trobar el paper que em va donar en Gaudenci i he pensat a trucar-te.

Sí, aquest era un bon començament.

Amb el cor a cent vint i les mans tremoloses va marcar els números.

–Ring, ring, ring.

La Càndida no va poder suportar-ho més i va penjar. ¿I si no hi era i s'hi posava la seva mare? No havia calculat la possibilitat que no hi fos. Tot d'un plegat es va adonar que s'acostava l'hora dels dibuixos i aviat el menjador s'ompliria com el metro de les cinc. Si no s'afanyava perdria l'ocasió de trucar a soles.

Aquest cop va realitzar tota l'operació amb mà ferma i va aguantar la respiració.

–¿Sí?

¡Era ell! Reconeixia la seva veu! Ves per on s'havia oblidat del que volia dir-li.

–Hola, sóc jo, ehem..., vull dir la germana d'en Gaudenci, o sigui, la Càndida.

–¡Hola, Càndida! ¿Vas rebre el meu llibre?

Glups. Amb aquesta no hi comptava.

–¿El teu, el teu llibre? Ah sí, molt maco, però, però encara no l'he pogut llegir perquè tinc molta feina a l'escola i...

S'hauria d'haver mossegat la llengua. Demostrava ser ignorant i mandrosa.

–Estic segur que t'apassionarà.

La Càndida, que mai no s'havia apassionat per cap llibre, es va sentir incòmoda.

–Ja, ja m'ho soposo, sí, té un títol molt apassionant. Jo, de fet, et volia donar les gràcies.

Era imbècil.

Ho hauria d'haver aprofitat per convidar-lo dijous a la tarda, i ara ja se li havia escapat l'ocasió.

–Cap problema. M'encanta regalar llibres dedicats. ¿Et vas fixar que anava dedicat?

La Càndida es va posar vermella fins al melic.

–Sí, sí, és clar. una dedicatòria molt..., molt... xuli.

¡Oh, no! ¿Com podia haver dit «xuli»? Era de nena petita. Tenia menys imaginació que un mosquit. Més li valia penjar, havia ficat la pota massa vegades.

–Escolta, Càndida, ¿que hi seràs alguna tarda d'aquesta setmana? He de venir a buscar un llibre d'en Gaudenci i...

–¡Dijous, aquest dijous!

Li havia sortit de l'ànima.

–Molt bé, passaré per casa teva aquest dijous.

–¡Fins dijous! –I de l'emoció va penjar el telèfon.

«Fins dijous, fins dijous», repetia la Càndida saltant d'alegria pel passadís. Ja havia oblidat el ridícul espantós de la seva conversa de principiant telefònica i se sentia incommensurablement divina.

Va aturar-se al mig del passadís, va fer petar els dits com ho hauria fet la Melanie Griffit i va moure el cap de manera que un floc de cabells li tapés mitja cara.

–Dijous serà el meu dia. Tremola, Viqui, et tinc a la butxaca.

Aleshores es va adonar que era observada i ràpidament va abandonar la comèdia. Era en Gaudenci, que havia deixat caure el llibre a terra.

–¿Què mires, microbi?

–¡Òndia, Càndida! No sabia que fessis una obra de teatre. Torna-ho a fer, semblaves la Melannie Griffit.

La Càndida el va ignorar i es va tancar a l'habitació. Tenia moltes coses a resoldre abans de dijous i no podia perdre el temps amb un germà impressionable. Tenia tres dies per llegir *Les cròniques marcianes.* ¿En seria capaç?

Dijous a la tarda no va ser un dijous a la tarda normal i corrent.

La Càndida confiava en la normalitat per introduir la seva excepcionalitat, però no calculava que algú altre pogués fer el mateix i espatllar-li els plans.

El problema era la Lucil·la. La Lucil·la va tornar d'escola feta un devessall de llàgrimes. La senyoreta li havia rebutjat els seus dibuixos perquè, segons ella, eren una aberració. La mare la consolava.

–Té una mica de raó, Lucil·la. Jo no veig la caseta ni l'arbre per enlloc, són, com t'ho diria, massa originals.

–Buuuu, buuuu, m'ha dit que eren una porqueria i que els he de repetir per a demà. Buuu, buuu...

–Doncs ho fas i prou. Aquesta tarda et quedes a casa dibuixant i no passa res, la iaia ho entendrà.

–Buuu, buuu, és que a mi m'agradaven els meus, i no són cap porqueria, buuu. I sí que hi ha caseta i arbre, el que passa és que ni tu ni la senyo els podeu veure, buuu...

La mare li va donar una presa de xocolata, li va eixugar les llàgrimes, la va asseure a la taula i li va proporcionar cartolines i retoladors.

–Au, quan torni de casa la iaia hauràs fet uns dibuixos preciosos.

La Càndida va entrar a l'habitació amb els cabells engominats, la faldilla rosa de la maduixa, les mitges calades, les sabates de mig taló cloc-cloc i les «cròniques marcianes».

–¿Què hi fa, aquesta?

–Es queda per fer els dibuixos, jo me'n vaig, que faig tard. I tu, ¿com és que vas tan mudada?

La Càndida va obviar la pregunta de la seva mare. S'havia posat lívida.

–¿Com, com? ¿Vols dir que es queda?

–¿Que no és casa seva, potser?

–Però és molt petita i no la pots deixar sola amb mi, encara sóc una nena i podria passar alguna desgràcia.

–Mira, Càndida, no vas vestida de nena, no vas pentinada de nena i no ets cap nena. Quan et convé ets una nena, però a mi no em vinguis amb històries de romans.

La Lucil·la va treure la llengua i la Càndida no va plorar perquè s'acabava de posar rímmel i la seva mare se n'adonaria.

–Però, ¡però no m'ho pots fer, això!

–¿Què?

–Això de deixar la Lucil·la a casa. Tu ets la seva mare, no la pots abandonar.

–¿Vols que m'hi quedi jo, també?

La Càndida va rectificar.

–No, no. Vull dir... que se'n vagi a l'habitació d'en Gaudenci a dibuixar.

–¡No em dóna la gana!

–¡Tu, calla!

–Càndida, no tens raó. La Lucil·la no et molesta, està dibuixant i aquesta és la vostra habitació.

Era inútil. La Càndida va marxar mig plorosa a pactar amb en Gaudenci.

–Gaudenci, escolta, mira, resulta que vindrà en Viqui Pigallat aquesta tarda i...

–¡Superbé! –va saltar en Gaudenci, deixant el llibre obert sobre el llit–. Li he de preguntar la tira de coses. M'ha deixat uns llibres d'ocultisme que són massa i com que avui hem de fer una sessió d'espiritisme, així ens ajudarà.

La Càndida es va sentir defallir. ¿Una sessió d'espiritisme? ¿Ho havia sentit prou bé?

–¿Qui ha de fer una sessió d'espiritisme?

–Doncs en Jordi, l'Esteve i jo. Ho hem estat assajant molts dies. Avui hem de moure els gots.

La Càndida no entenia res de res.

–¿Quins gots?

–Els de la taula.

–¿Quina taula?

En Gaudenci es va armar de paciència.

–Per convocar els esperits hem de tenir una taula i...

La Càndida va explotar.

–¿Vols dir-me que avui vindran aquells fastigosos de l'Esteve i en Jordi de la rata aquí, a casa?

–No és una rata, és un hàmster.

–Adéu, Càndida, marxem. Us deixo el Llamp Atòmic. Sense la Lucil·la no em veig amb cor de dur cotxet i gos pel carrer.

La Càndida va patir un atac de nervis. La Lucil·la, en Gaudenci, el Llamp Atòmic, en Jordi Jardinet, l'Esteve Noguipis, la taula d'espiritisme, els gots i... en Viqui Pigallat.

Aleshores van trucar a la porta.

La Càndida es va posar dreta. S'havia tornat blanca com un got de llet desnatada. Anava avançant pel passadís fosc i va ensopegar amb el gos. Va fer un xiscle tan penetrant que el pobre Llamp Atòmic va amagar-se esporoguit darrere la nevera.

Tenia els nervis a flor de pell. A hores d'ara no recordava si les cròniques eren de Mart o de Saturn.

Va assajar un somriure i se li va petrificar. Ben pensat no tenia cap ganes de somriure. Va obrir amb la seva cara habitual i no va dir res.

De fet no va dir res perquè no podia dir res. La Coia Solera, la veïna refugiada que passava tardes amb els tiets del pis de sobre, no la va deixar parlar.

–Hola, Càndida, tenia moltes ganes de veure't. Mira, et porto un regal, és l'últim compacte dels Eskolars Kaníbals, es diu «Massacra a Pitàgores», ¿l'has sentit? És fantàstic. Ho he aprofitat per orejar les rodes. No cal que torni fins d'aquí a dues hores. ¿Puc veure l'últim capítol de *No em trepitgis l'ull de poll*? És massa, tia, no me l'he perdut mai.

La Coia Solera li va fer dos petons, li va deixar el compacte a les mans, va engegar la tele i es va asseure còmodament al sofà del menjador. La Càndida es va quedar palplantada a la porta amb la mà al pom. No podia dir ni fava.

—¿Hola, Càndida, que ens has sentit? ¿On és en Gaudenci?

Eren en Jordi Jardinet i l'Esteve Noguipis. La Càndida no es va moure ni un mil·límetre.

—¡Gaudi! ¡Gaudi, tio, hem portat els gots!

—¡Ara preparo la taula!

La Càndida no tenia esma per tancar la porta. De sobte va reaccionar, si continuava allà era molt probable que hi entressin tots els veïns, estava vist que mig barri s'havia citat a casa seva.

La va tancar, s'hi va repenjar i va picar a terra amb les sabates de mig taló cloc-cloc.

—¡Merda, merda, merda!

No es va quedar més tranquil·la, ni es va sentir millor. Era una simple qüestió de clarividència: la vida era una merda.

Qui opinés el contrari no sabia absolutament res de llibres dedicats, de pigues encisadores, de tardes de dijous i no havia tingut mai quinze anys..., o se n'havia oblidat.

Però la Càndida no era de la mena de persones que es lamenten eternament. Passada la primera manifestació de profunda autocompassió la va envair una onada de sentit pràctic.

Havia d'aconseguir aliats. Mmmm... La Lucil·la era irreductible, en Gaudenci era massa ingenu... ¡La Coia! És clar, demanaria ajuda a la Coia.

La Coia va deixar de riure, va tancar el televisor i es va posar en situació. Li encantaven les confidències. Un cop la Càndida li va haver explicat, mig plorosa, la situació, es va posar dreta.

–Kòsmik, ¿i per què no m'ho deies abans? Tu has d'estar supertranqui i no posar-te nervioseta. Mira, qui està nervioseta sóc jo. Em sembla molt emocionant. ¿És guapo? ¿Quantes pigues té? ¿No les hi has comptades mai? Doncs avui a veure si t'hi entretens una mica... Mira, jo et prepararé les coses molt naturals.

–Sobretot, Coia, que sembli natural.

–Naturalíssim. Tu només cal que comptis pigues i no pensis en res.

El timbre va sonar i la Càndida va perdre tot l'aplom.

La Coia la va empènyer amb força i va tancar la porta del rebedor.

–Tu l'entretens aquí cinc minuts i quan jo et faci un xiulet ja podreu passar.

La Càndida tremolava com una fulla en obrir la porta. Si efectivament era en Viqui, ¿què li diria? En aquells moments havia oblidat l'argument de les «cròniques saturnianes», confonia Tolkien amb Torquemada i no estava segura si Paul Klee estiuejava a Guernica i li va caure un arbre al peu per culpa d'una bomba o si li agradava la regalèssia.

Era una tragèdia. Es va empassar la ignorància, el temor i la tremolor i va obrir la porta heroicament. Ell era allà, amb les pigues, els ulls com semàfors i un llibre sota el braç.

–Hola, Càndida.

–Hola, Viqui,

–Ehem, ¿que em deixes passar?

La Càndida va obrir la porta. I és clar. El tenia al replà palplantat. El va fer entrar, va donar una puntada de peu a la porta i es va quedar dreta mossegant-se les pells de la mà i mirant-se els sabates mentre desitjava que li vingués la inspiració o que, en cas de sequera, se l'empassés la terra.

Afortunadament la situació va durar ben poc i abans que es produís el miracle de la desaparició de la Càndida es va obrir la porta i la Coia Solera va treure el nas.

–Hola, sóc la veïna de dalt. Estava donant un cop de mà a la Càndida i ja he solucionat alguns problemets. –Va fer l'ullet a la Càndida sense cap dissimul.– Estareu fantàsticament bé.

La Càndida va respirar. Estava en mans de la Coia. La Coia els va empènyer fins al menjador i els va fer seure al sofà, va posar una cinta de música suau i, sense fer cas de les súpliques mudes de la Càndida perquè es quedés, va desaparèixer.

–Me'n vaig a vigilar els espiritistes, que us ho passeu bé.

La Candida va esprémer el cervell perquè se li acudís algun tema de conversa. Abans muda que parlar del temps.

–Fa fred aquest hivern, ¿no trobes?

¡Oh, no! Ja no havia dit. Allò era una conversa d'ascensor amb senyora reumàtica. En Viqui la menysprearia.

–Sí, i això en certa manera contraresta les

teories sobre l'efecte hivernacle i l'escalfament progressiu de la Terra. Per cert, ¿has llegit un llibre que s'intitula *Las torres del olvido*?

La Càndida va negar amb el cap. Havia anat a l'estiu a la torre de la Febrònia Fivaller i tenia una amiga que es deia Olvido Escaleta, però tot barrejat no ho havia sentit mai. Potser l'Olvido tenia una torre a Lloret, però no creia que algú tingués tan mal gust per parlar-ne en un llibre. Mentre feia aquestes absurdes disquisicions en Viqui parlava i parlava sobre els pares de l'Ursula K. Le Guin, el gos pequinès de l'Arthur C. Clarke, l'ordinador de butxaca de l'Orson Scott Card, l'escàndol del darrer premi Hugo i els problemes de fetge dels germans Strugatsky.

La Càndida feia veure que escoltava i esperava la mínima detecció de flaqueig en l'speak d'en Viqui per passar la pilota al seu terreny. En Viqui va callar un segon intentant recordar un paràgraf de *Cita amb Rama* i la Càndida va prendre la paraula.

–¿Vas veure el darrer partit dels Lakers?

En Viqui va arronsar el nas.

–El bàsquet és un esport de majories programades, exportat de Ianquilàndia i dissenyat per a les masses.

La Càndida es va empassar saliva. Amb aquella declaració de principis prèvia, es feia gairebé impossible la connexió en aquest punt. Ho intentaria amb la música.

–¿Voldràs venir al recital dels Eskolars Kaníbals?

–El fenomen del rock català d'imitació no té

transcendència per a la història de la música. No hi tinc cap interès si vols que et sigui franc. Com et deia, *La cita amb Rama* diu en la seva descripció de la civilització descoberta...

La Càndida no el va escoltar. No pagava la pena. En Viqui s'escoltava a ell mateix per quatre. S'escoltava, s'admirava i s'adorava. Ella era ignorant, inculta, illetrada, però li quedava un punt d'orgull que en Viqui acabava de trepitjar-li.

La Coia va entrar al menjador com un coet.

–Oh, perdoneu, no us vull molestar, però resulta que l'experiment de l'esperit no acaba de funcionar i no vol venir perquè la taula és massa petita. Volen provar-ho a la taula del menjador. ¿No us fa res, oi, anar a l'habitació d'en Gaudenci?

En Gaudenci, en Jordi Jardinet, l'Esteve Noquipis i el Llamp Atòmic van irrompre al menjador, carregats de gots, de llibres i d'espelmes.

–¡Hola, Viqui! ¿Ens dónes un cop de mà?

La Coia va fer una mirada assassina a en Gaudenci i es va interposar de seguida.

–De cap manera, en Viqui està explicant una cosa molt important a la Càndida i no pot entretenir-se amb xorrades d'esperits infantils.

Sense deixar-los protestar, va agafar en Viqui i la Càndida i els va encabir a l'habitació d'en Gaudenci.

–Au, passeu, passeu aquí i ja veureu que tranquils. Perquè no us empipin els esperits us tanco la porta de l'habitació i la del menjador. ¡Fins ara!

Abans de marxar va tornar a fer l'ullet a la Càndida d'una forma molt molt evident, i la Càndida es va témer el pitjor.

En Viqui no hi estava tan còmode com al menjador. Se'l veia nerviós i suat. Va fer un parell de tombs per l'habitació, va fullejar els llibres d'en Gaudenci i tot d'un plegat, sense dir res, va obrir dissimuladament el pom de la porta que la Coia havia tancat. La porta era tancada per fora. En Viqui es va esgrogueir com una llimona bullida.

–Està tan..., tan..., tancada.

La Càndida es va enfurismar amb la Coia. Ho olorava, olorava que els n'havia fet alguna de grossa.

–Deixa'm, ho intentaré.

La Càndida va burxar cap a totes bandes i no va poder obrir. Efectivament, la Coia els havia tancat amb clau. A mesura que en Viqui perdia l'aplom, la Càndida el guanyava.

–Segur que és una broma de la Coia. ¿Vols sortir de seguida?

–Doncs..., doncs, si no et sap greu, sí.

En Viqui es va descordar el coll de la camisa i es va eixugar el front amb un mocador. Tenia les ninetes dilatades. La Càndida es va sorprendre. En Viqui estaba escagarrinat d'estar tot sol amb ella... ¿Ella? ¿La ignorant? ¿La vulgaríssima Càndida feia por a l'il·lustrat i setciències Viqui Pigallat? Va somriure, va fer-se enrere un floc de cabell amb un gest Melanie Griffit i va arrambar-lo. Tenia la paella pel mànec.

–¿Que estàs una mica nervioset?

En Viqui va tancar els ulls i va fer respiracions profundes. La Càndida li va agafar una mà, estava tremolant. Quin xicot més sensible.

–¿Potser, potser no has estat mai amb una noia tot sol?

En Viqui va gemegar.

–Obre la porta, sisplau.

La Càndida, però, s'estimava més gaudir una estona d'aquella insòlita sensació de seguretat. L'escorcollaria.

–De seguida l'obriré, però abans m'has de dir una cosa.

En Viqui va assentir feblement.

–¿Per què em vas fer la dedicatòria?

En Viqui agonitzava.

–Perquè m'agrades.

–¿Però t'agrado de debò, vull dir per fer-me petons i convidar-me al cine?

En Viqui va fer que sí amb el cap cot. La Càndida es va il·luminar. Es va aixecar i va caminar amb les sabates cloc-cloc. Feia soroll de dona. Va fer un tomb per l'habitació com si reflexionés. Coquetament es va agenollar davant d'en Viqui i li va tornar a agafar la mà. Era l'hora de les confidències saboroses. En Viqui havia begut l'aigua de la veritat.

–¿I per què em parles tant de llibres?

–Perquè, perquè llegeixo molt i...

La Càndida va veure la llum.

–¿I és del que entens, oi?

–Sí, és clar.

–I no volies parlar de bàsquet perquè no hi entens gens, ¿oi?

–Sisplau, obre la porta.

–No fins que no em diguis si entens de bàsquet i de música rock. A veure, ¿qui va perdre la semifinal de l'NBA l'any 90? ¿Quin és l'últim elepé que arrasa a Anglaterra i que parla d'una mona amb varicel·la?

En Viqui estava perdut. No tenia escapatòria. La Càndida l'havia ben enxampat.

–Sí, tens raó, ¡però deixa'm sortir! ¡Pateixo claustrofòbia!

La Càndida ho va entendre tot. Va entendre que en Viqui suava per la claustrofòbia i per la vergonya, que no parlava de bàsquet perquè no sabia qui era en Magic Johnson, que no rascava bola de rock i que pretenia enamorar-la amb llibres i citacions, i que això no era del tot just. Però com que ella no era rancuniosa tenia solució. Es va acostar a en Viqui, li va acostar els llavis als seus llavis i li va fer un petó tímid. Tot seguit es va dirigir decidida a la porta i va cridar i cridar i cridar i cridar...

Al menjador regnava un silenci espectral. Al voltant de la taula, feblement il·luminada per una espelma, s'asseien en Gaudenci, en Jordi i l'Esteve. Els gots s'havien mogut. L'esperit volia parlar-los.

Des de la butaca la Coia i la Lucil·la seguien els esdeveniments, expectants.

–¡Manifesta't! –va cridar teatralment en Gaudenci. Al cap i a la fi era ell qui havia llegit els llibres i iniciat els altres.

–Manifesta't, esperit, i digues qui ets.

–¡Aaaaaaaaaaaaaaaa!

Era un crit profund, de patiment, d'abaltiment, de desesperació. Les ulleres d'en Gaudenci van caure sobre la taula. El nas es negava a sostenir-les. ¿Havia convocat un esperit ell solet? Va tornar a intentar-ho.

–¡Manifestat't!

–¡Aaaaaaaaaaaaaaaaaaaaaaaaa!

Aquest cop el Llamp Atòmic va sortir esperitat de sota la taula, en Jordi Jardinet va agafar el seu hàmster i va dir que se li refredaria la sopa i l'Estevet va seguir-lo dient que tenia una tieta amb apendicitis a la clínica. La Lucil·la obria una boca de meló i la Coia al·lucinava per un tub.

En Gaudenci era el mortal més feliç sobre la terra.

La Càndida trepitjava com una dona amb les sabates cloc-cloc i s'escoltava, enamorada de la seva pròpia veu, mentre cridava.

En Viqui havia baixat als inferns i no computava res.

Hi ha moments que són fràgils i no poden eternitzar-se. Aquell dijous, tard o d'hora, hauria de ser substituït per un divendres i quan això succeís voldria dir que deixaria de ser dijous i que tot canviaria per bé o per mal. Això s'hauria de decidir en el balanç personal i instransferible de cadascú.

10 *Setmana d'esquí*

FINALMENT havia arribat la setmana d'esquí, la setmana més cobejada pels alumnes de primer de BUP. Les borrasques del nord havien estat generoses: havien cobert els cims de neu i un magnífic anticicló s'havia instal·lat a la península per arrodonir la feina i permetre que els esquiadors tornessin color de xocolata i amb cara d'ós robador.

La Càndida seia al darrere de tot de l'autocar, al costat de la Cuca Cordill, la Febrònia Fivaller i la Sònia Sabó. Totes tres l'escoltaven amb els circuits ben connectats.

–I aleshores la Coia es va adonar que no era cap esperit sinó que era jo qui cridava. I en aquell moment va arribar la mama i va ser boníssim, perquè en Gaudenci va fer veure que s'havia desmaiat perquè la mama no s'adonés que jo m'havia quedat sola amb en Viqui.

–¡Que emocionant!

–Sí, i resulta que quan la Coia va obrir la porta, jo li vaig explicar que m'ho havia passat molt malament i que patia claustrofòbia. En Viqui va agafar un llibre i va dissimular. I després, quan marxava, em va demanar que l'acompanyés a baix, i a l'escala em va agafar i em va fer un petó.

–¿Amb morrejada? –va inquirir la Sònia, fent una bombolla amb el xiclet.

–¡No siguis basta! –va atacar-la la Febrònia.

–Me'l va fer als llavis –va afirmar, orgullosa, la Càndida.

–¿Però amb llengua o sense? –va continuar la Sònia, mastegant el xiclet bum de maduixa.

–¡Calla, obsessa!

–Jo no sóc cap obsessa, jo aquest estiu m'he morrejat molt i només volia saber si ho feia bé o no.

La Càndida es va quedar preocupada.

–¿I si no es fa servir la llengua no és bo?

–Pseeee, depèn de l'estona.

–No ho vaig cronometrar.

La Febrònia n'estava fins al capdamunt.

–¿I què més?

–Doncs em va prometre que em vindria a veure jugar un partit de bàsquet i em va demanar que li enviés una foto esquiant.

La Cuca Cordill, que no havia obert la boca ni per criticar, va dir la seva.

–Amb l'equip tan hortera que portes i sense estil, no sé quina mena de foto et faràs. Semblaràs la Lola Flores collint bolets al pol.

La Càndida no hi havia pensat. Certament el seu modelet era sensacional: els esquís de la seva cosina, les botes del veí, els bastons del tiet, els pantalons de plàstic d'en Gaudenci i l'anorac de collir rovellons. Era exactament una truita a la jardinera.

La Febrònia Fivaller va trobar la solució al problema.

–L'últim dia, quan estigui ben negra i sàpiga fer posturetes, es vesteix amb el teu equip súper i li fem la foto.

La Cuca es va posar de tots colors. Tenia uns pantalons blau cel de fibra insulate, un anorac de disseny amb ploma ionitzada, botes mil·limètriques, amb injecció ajustable, i esquís de competició amb soles i cantells nous.

–No puc. La meva mare no em deixaria, i la Càndida és més grassa que jo.

–¡Mentida, gastem la mateixa talla!

La Febrònia era molt justiciera.

–Si no li deixes el teu equip per a la foto no et deixarem estar a la nostra habitació i li demanarem a la Pepa Pistó que ocupi el teu lloc.

La Cuca sabia que la Febrònia n'era ben capaç. No n'estava tan segura de la Sònia, però la Sònia era molt solidària en matèria de rotllos.

–Si ell li ha demanat una foto ha de ser una foto superguai, perquè se la guardarà a la cartera i l'ensenyarà als amics i tot això. No pot ser una horterada.

La Cuca es trobava en minoria. Tres a una. Va abaixar el cap i va assentir enrabiada.

–¡Només l'últim dia i prou!

La Càndida va respirar tranquil·la.

Aquella nit van compartir habitació, vàter, dutxa, armari, bombons de licor, coca-coles, atacs de riure, secrets, aventures, ampolla d'aniset, xiclets bum i un cigarret.

Al matí compartien la son i l'excitació per posar-se els esquís.

La Càndida estava molt nerviosa. Era l'única que no en sabia gens i li tocava anar al grup de debutants sense les seves amigues de l'ànima.

La Sònia li va cordar les botes, la Febrònia li va ensenyar a posar-se els esquís i la Cuca va caminar davant d'ella pel camí nevat perquè veiés com es patinava amb esquís.

La Càndida es va posar dreta. Era pla com una pista de gel. Va fer un pas, un altre, va empènyer cap a la dreta com si fos un patí, cap a l'esquerra..., ¡li sortia!

¡Fantàstic!!!!

La Febrònia, la Sònia i la Cuca van quedar bocabadades.

–No ens havies dit que ja en sabies.

–¡Ets una mentidera!

La Càndida es defensava.

–¡Us ho juro! És la primera vegada, només imito el que fa la Cuca, no és gaire difícil.

La Cuca es va picar.

–Com que en saps tant, podries venir amb el nostre grup. Ja deu fer temps que no fas cunya.

–¿Què és això de la cunya?

–No et cal.

La Càndida va anar patinant fins al grup de la Cuca i s'hi va afegir. El monitor tenia pressa.

–¡Au, a agafar la cadira!

La Càndida es va empassar saliva.

–Cuca, ¿com s'agafa això?

–Tu, vine amb mi i queda't dreta, quan s'acosti la cadira t'agafes al barrot i seus.

La Càndida va obeir les instruccions de la Cuca i amb les cames tremoloses va sentir com la cadira pujava pels aires i volava, volava, volava. La Càndida va començar a sospitar.

–¿On anem?

–A dalt del cim.

–¿I com baixarem?

–Esquiant.

La Càndida es va mossegar les pells i va mirar sota seu. Pistes de descens, tubs, xusss i un munt d'esquiadors caiguts.

–¿I jo podré baixar?

–Baixar, baixar d'una manera o altra, segur que baixaràs.

El que preocupava a la Càndida en aquells moments era la cadira.

–¿I com es baixa d'aquest trasto?

–Has de posar els esquís a terra i deixar-te anar relliscant.

Dit era una cosa, fet va resultar molt diferent. La Càndida va posar tots dos esquís a terra, va impulsar-se endavant i va sortir disparada contra una colla d'esquiadors que es cordaven les botes i contemplaven el paisatge. El monitor va haver de rescatar-la i renyar-la.

–No vull que aneu tan llançats. Au, vinga, farem una baixadeta ràpida per escalfar-nos.

La Càndida va xiuxiuejar a la Cuca.

–¿Com es fa una baixadeta ràpida?

Però la Cuca no va tenir ocasió de contestar-li perquè la Càndida, en orientar els esquís cap al pendent com feien els altres, va sentir que perdia peu i que els esquís baixaven, baixaven, el vent bufava, les cames trontollaven, tothom cridava, el terra es movia i la velocitat l'encegava.

La Càndida era una exhalació que feia gelar la sang a les venes. Amb un equilibri admirable i sense el mínim sentit de la supervivència per llançar-se a terra, baixava amb els esquís paral·lels, les cames entreobertes, els ulls tancats i un crit agut que li sortia de la gola.

—¡Pistaaaaaa!

El monitor, al·lucinat, la va seguir una estona cridant-la a l'ordre, fins que va derrapar i va exclamar-se a la Cuca.

—No m'havies dit que la teva amiga fos corredora.

—No ha esquiat mai.

Al monitor li va caure la gorra i va fer un xusss per avisar el píster. El píster va posar en funcionament el walkie-talkie i aviat tots els písters de l'estació buscaven desesperadament les restes d'una esquiadora hortera esbocinada. El que van trobar, però, van ser les seves víctimes: una família atropellada, un executiu amb l'esquí partit, una escola de pàrvuls que feien ninots, amb els ninots aixafats i els nens plorosos de l'ensurt, i un monitor que, volent aturar-la, va ensopegar amb un arbre.

La baixada de la Càndida es retransmetia per tota l'estació com una cursa de descens.

—«Avança pel gran eslàlom, l'he perdut de vista. Canvi.»

—«Aquí Àliga miop, distingeixo la descripció de l'anorac boletaire al tub negre. Atenció, surt del tub i agafa el salt de l'infern, no aconseguirà fer-lo, ¡no!, ¡no! ¡L'ha fet! Connexió perduda. ¡Canvi!

–«Aquí camillers fitis. Avís a les ambulàncies. Ara es troba al trampolí, porta una velocitat aproximada de dos-cents, esperem que alenteixi a la pista de la Muga, ¡la castanya serà fenomenal! ¡Canvi!»

–«Atenció, aquí control. Intentem col·locar unes xarxes per amortir el cop a l'arribada. ¿Quant temps ens queda? Canvi.»

–«¡Està batent rècords! La tindreu aquí en quaranta segons. Canvi.»

A l'arribada hi havia el fotògraf de les pistes amb la càmera preparada.

La Càndida feia estona que havia perdut la noció de la realitat. Portava unes coses als peus que no podia aturar ni moure cap on volia i la seva única preocupació era no caure. Fins ara ho havia aconseguit, però a costa de les emocions més punyents que havia sentit mai. Li faltava l'aire, patia arítmia i tenia el cos garratibat.

De sobte es va adonar que era a baix de tot. ¡Doncs quina estació més esquifida!

Un munt de gent agitava els braços i li indicaven una mena de xarxa. Devia ser un joc que feien per als debutants. Va tancar els ulls i es va llançar contra la xarxa. Després no va poder recordar gaires coses més en una bona estona.

Havia sortit pels aires, havia perdut els esquís i havia quedat colgada de neu.

Quan va obrir el ulls a la infermeria, estava voltada de písters, monitors, camillers i metges. El fotògraf, orgullós, li va mostrar la foto.

–És la millor de la temporada.

La foto era sensacional. La Càndida estava realitzant un perfecte mortal amb tirabuixó d'esquena. Semblava talment una saltadora professional. La Càndida va somriure, li feia mal fins el somriure. Amb aquella foto en Viqui estaria ben content. Una cosa, però, la preocupava. Va mirar el seu monitor, el que havia vist per última vegada a dalt de tot, li havia de fer una pregunta.

–¿He baixat prou rapidet?

El monitor va contestar amb tota la humilitat que l'ofici pot permetre.

–Si apures més trenques la barrera del so.

Un píster va resumir l'opinió de tots.

–Demà aprens a frenar, demà passat a girar i l'altre fem una col·lecta i et presentem als Jocs Olímpics d'hivern.

La Càndida se sentia feliç. Ves per on allò d'esquiar era més fàcil que no es pensava. Llàstima que estigués tan desllorigada.

–¿I trigaré gaire a tenir estil? –No podia oblidar la Cuca Cordill.

Una metgessa, que comprovava que tingués els ossos a lloc, va contestar per tots.

–Filla, tens el do dels elegits, deixa l'estil per als qui no tinguin altra cosa.

Tenia un do, una colla d'admiradors, una experiència fabulosa, unes promeses seductores, una foto sensacional i un munt de dies per passar-s'ho superbé.

Va decidir que tant li feia l'estil, l'equip súper i la Cuca Cordill.

11 *Carnestoltes*

LA CUCA CORDILL, la Sònia Sabó i la Febrònia Fivaller es van quedar amb l'entrepà entravessat. No podien creure el que els acabava d'ensdinyar la Càndida. La Febrònia va trencar el silenci.

–Doncs no m'ho crec.

La Càndida es va apassionar.

–¿Per què no et pots creure que en Viqui em convidi a la festa de disfresses de l'insti?

–Perquè no conec ningú de primer de BUP que hagi posat mai els peus a cap festa dels de COU.

–Perquè no tenien ningú que els convidés.

La Sònia estava gelosa.

–Et demanaran el carnet d'identitat.

La Febrònia, encara que no ho confessés, estava verda d'enveja.

–Passaran els profes i et faran preguntes de mates i com que no sabràs contestar-les et descobriran i et faran fora.

La Càndida no els feia cas. No tenia cap lògica. No hi havia cap diferència entre el seu cul i el d'una noia de divuit anys, i encara hi havia menys diferències entre el seu cul disfressat i el cul d'una noia de divuit anys disfressat.

La Cuca va contraatacar.

–Será molt millor la nostra festa. Aquest any no ens vigilaran i vindran els de BUP d'Atenes. N'hi ha uns quants que estan com un tren.

La Febrònia li ho va espatllar amb un sospir.

–Però els de COU, buuuuf, són com un Talgo d'alta velocitat.

La Càndida s'havia guardat l'as fins al final. Faria que la Cuca pastés fang.

–Febro, puc aconseguir-te una entrada.

Immediatament la Sònia va estimar molt la Càndida.

–¿I per a mi?

–Em sembla que també.

La Cuca va passar per diversos graus de fluorescència. Quan va acomplir tota la gamma de l'arc de Sant Martí va abaixar la vista i va musitar com un be a punt de dur a l'escorxador.

–Mmm, si, mmm, si me'n trobessis una per a mi..., potser hi faria un tomb...

La Càndida la va fer patir. Es va fer la ingènua.

–¡Però Cuca! ¿Tu a la festa dels de COU? ¡Si tots són peluts i fan metre vuitanta! ¡Quin fàstic! Vols dir que no són més bufons els de primer de BUP, més rodonets, més finets, més alegres. Com ossets de pelfa. Au, va, què hi faries tu allà al mig, els nois et trepitjarien i et rascarien amb la barba. Perquè els de COU, si és que no ho sabies, es fan petons de debò.

La Febrònia va corroborar-ho.

–Les meves germanes es passen el dia morrejant-se al passadís i ma...

–¡Prou, no m'expliquis més porcades! Em portaran a una escola privada a fer el COU.

–Doncs, són les pitjors. Com que van de tontes queden amb bombo.

La Càndida i la Febrònia es van mirar la Sònia. Era l'Espasa de les vulgaritats del sexe. La Sònia es va adonar que era observada i es va encongir d'espatlles.

–Jo, és que com que tinc experiència, he de saber tot això i...

La Cuca, a contracor, va decidir actuar. Es va aixecar.

–Doncs que us vagi molt bé en aquesta festa hortera d'obsessos supermans peluts.

La van veure allunyar-se. Totes tres sabien que es moria de ganes de fer de Louise Lane, però abans morta i esclafada que reconèixer-ho.

La Càndida reia al telèfon amb cara d'idiota. Tots, a casa, sabien que parlava amb en Viqui.

–Hi,hi,hi, ¿vols dir? ¿I si ens equivoquem?

–...

–És clar, però a la millor ens passem tota la tarda sense trobar-nos.

–...

–Hi, hi.. ¿I si ens donem una pista?

–...

–Jo, és que això de la personalitat no ho tinc clar del tot.

–...

–Hi, hi..., si et fa tanta gràcia, què hi farem. Hi, hi, emocionant, sí que ho serà, sí. Prometo que no obriré la boca ni em destaparé la cara, OK.

La Càndida va penjar amb el hi-hi petrificat i cagant-se en en Viqui i les seves idees brillants. Va mirar-se la disfressa de plàtan que tenia sobre la cadira. Aquella era la disfressa que havia de reflectir la seva personalitat i a partir de la qual en Viqui l'havia de distingir i besar.

¿Quina era la personalitat d'un plàtan? ¡Merda! Si es disfressava de plàtan era com reconèixer que era un vegetal sense cervell.

En Viqui era bon tio, ¡però tenia cada acudit més estúpid! ¡Mira que proposar-li de buscar-se a la festa i intuir la seva personalitat sota l'aparença de la disfressa! Llegia massa i tenia el cap calent.

Consultaria en Gaudenci.

–¡Gaudenciiii!

En Gaudenci s'estava pintant un tercer ull davant el mirall perquè pensava anar de Lobsang Rampa.

–Gaudenci, tu quina mena de disfressa creus que reflectiria millor la meva personalitat?, vull dir, els meus valors, projeccions, aura i imbecil·litats d'aquestes.

En Gaudenci no s'ho va pensar dues vegades.

–De Dràcula.

La Càndida li va encertar de ple el tercer ull amb la sabata, i li va quedar com un ou ferrat.

La Càndida començava a estar neguitosa. Només tenia dues hores i no tan sols havia de confeccionar la disfressa sinó pensar-la.

Abans que res havia de definir la seva personalitat.

Va fer examen de consciència. Amb ella mateixa no s'hi valien les trampetes. Mmm... Era violenta, agressiva, directa, certera, impietosa.

Aleshores pel passadís va passar una preciosa aranya d'un metre. Era la Lucil·la disfressada. La Càndida va quedar al·lucinada. ¡És clar! Ella era com una aranya. Forta, tortuosa, sensual. Si no la reconeixia, era estúpid.

Canviar la disfressa d'aranya per la de plàtan li va costar una capsa de bombons, dues regalèssies i tres xiclets bum.

Arreglar-se la disfressa a la seva mida va ser cosa de tres quarts d'hora.

Trobar-se amb la Febro de maduixa i la Sònia de coco tropical va costar mitja hora.

Finalment l'aranya, la maduixa i el coco, van lliurar les entrades suades i rebregades pels nervis al servei d'ordre de la festa i van posar els peus en aquell gimnàs atapeït de gent de COU.

La Càndida no gosava ni respirar. Havia promès no obrir la boca, però calia fer consultes a les seves amigues.

–Ajudeu-me a distingir la disfressa d'en Viqui.

–Deu anar de llibre.

–O de nau espacial.

–O de Gutenberg.

No hi havia ningú que respongués a les indicacions esmentades.

Va ullar un Songoku guapíssim, un home del temps sensacional i un Don Jhonson massa, però cap d'ells no podia ser en Viqui.

La Febro li va donar un cop de colze. A la pista havia sortit a ballar una dràcula que acaparava totes les mirades.

–Sortim a ballar i així et veurà millor –va suggerir la Sònia, movent la fulla del coco tropical a ritme de rock. Es moria de ganes d'arrambar a la pista de ball.

Van sortir totes tres, però la Càndida no podia concentrar-se, buscava desesperadament al seu voltant. De sobte el va veure.

Era un tigre grrrrrr. ¡Quin tigre! ¡Era el seu tigre! Com li agradaven, els tigres, a ella. Era enginyós, havia transformat les pigues en ratlles.

La Càndida s'hi va acostar, movent sensualment les potes. S'hi va palplantar al davant i va fer una magnífica exhibició de jazz.

Aleshores es va desfer com la mantega, perquè el seu tigre va grunyir, la va agafar per la cintura i la va arrambar amb un ball lent que començaven.

La Candida estava excitada i contenta. Era emocionant. El seu amor, sota l'aparença del tigre poderós i sensual, l'havia reconegut sota l'aparença de l'aranya forta i implacable. Estaven fets l'un per l'altre.

El tigre li va acariciar el cul i la Càndida es va estremir, quines urpes, que salvatge era el seu Viqui aquella nit. De mica en mica es va arrapar a la pell ratllada i va sentir els seus músculs, els batecs del seu cor, la seva suor i la seva escalfor.

Ell es va ajupir, li va alçar el cap i li va buscar la boca amb els dits, suaument. La Càndida es moria d'impaciència. Que bé que ho feia en Viqui. Finalment li va fregar els llavis, primer tendrament, després amb força, després li va introduir la llengua i la Candida es va marejar. Allò era el que li havia explicat la Febrònia. Era sensacional.

La maduixa i el coco no es perdien detall. Haurien volgut tenir sis potes i estar cobertes de pèl per ser la Càndida i ser atacades per un tigre com aquell.

Un espermatozou despistat, que deambulava d'un lloc a un altre, va agafar la dràcula de la mà, la va fer ballar i li va fer un petó tímid.

Mentre la Càndida estava en èxtasi i es deixava fer pessigolles a les orelles i llepar-se el coll pel seu Viqui ferotge va sentir un gran crit darrere seu. No es va dignar girar-se. Estava massa ocupada. La Febrònia, però, la va arrencar de les urpes del seu amor felí i li va assenyalar una escena, amb estupor.

La dràcula, ultratjada pel pobre espermatozou, li havia donat una bufetada sonora i li havia arrencat la màscara. La Càndida es va empassar saliva.

En Viqui era l'espermatozou.

En Viqui no es va quedar amb les mans a la butxaca i va descobrir la seva agressora.

Era la Cuca Cordill.

Immediatament el servei d'ordre va intervenir. Van interrogar una Cuca plorosa i la van fer fora. La Febrònia i la Sònia es van escapolir dissimuladament. La Càndida es mirava, sense creure-s'ho, en Viqui espermatozou. En Viqui la va veure i la va agafar per una pota.

—Estava convençut que eres dràcula.

La Càndida va tenir un record afectuós per en Gaudenci.

—Doncs has ficat la pota.

—¿I tu, no m'havies reconegut?

—Jo, jo, doncs jo, la veritat..., estava prenent una taronjada.

—Estàs molt suada.

—És que fa molta calor.

—¿Vols que ballem?

—Descansaré una estona.

La Càndida va prendre aire. El necessitava. En Viqui l'havia confós amb la Cuca-dràcula, en Viqui havia morrejat la Cuca, a la Cuca li cauria una de bona, però havia estat besada per sempre més pel seu nòvio. I ella..., ella havia caigut molt baix perquè s'havia deixat caçar per un tigre desconegut, havia mentit a en Viqui i enyorava les urpes del tigre. Era tan vil com una veritable aranya.

—¿I per què d'espermatozou?

—¡Perquè és l'origen de totes les coses!

—¡Que masclista! ¿I l'òvul?

—És el que buscava.

La Càndida es va posar teatral i li va oferir els llavis.

—Aquí em tens.

En Viqui es va posar a la feina. Ella no va poder evitar la comparació. S'havia aviciat als tigres.

12 *La teoria de la relativitat*

La Càndida tenia un gra, la mare malalta i un daltabaix amb en Viqui perquè feia una setmana que no li trucava.

El primer dia que no va trucar, dilluns, no li va donar cap més importància, se'n devia haver oblidat. El següent, dimarts, va estar impacient i neguitosa i va esperar fins a l'últim moment. En acabat va pensar que era massa tard, que potser ja era al llit. Dimecres no va poder més i va trucar ella mateixa. Va parlar amb la mare d'en Viqui, la qual li va prometre que li passaria l'encàrrec. En Viqui no va donar senyals de vida i la Càndida va començar a torturar-se. ¿Què li havia fet ella? ¿L'havia ofès? ¿Havia deixat d'agradar-li? ¿S'havia empipat per alguna cosa que havia dit? ¿Tenia un rotllo amb una altra? ¿S'havia assabentat de la seva aventura amb el tigre? Dijous es va descobrir un gra al front i se'l va petar amb tota la fúria amb què hauria escanyat en Viqui si l'hagués tingut al davant. El gra es va infectar i divendres li ocupava mitja cara. No va gosar agafar el telèfon. Aquell gra monstruós s'intuiria en la seva veu i es materialitzaria a través del fil telefònic. Estava impresentable. Si en Viqui la veia amb aquella fatxa es desmaiaria de la impressió i l'abandonaria per sempre més.

I amb aquestes va arribar dissabte i a les negres realitats de la setmana que deixava enrere s'hi va afegir una perspectiva pitjor: la mare estava malalta i ella hauria de pencar. Efectivament, des del llit li va demanar que anés a comprar al mercat. La Càndida va intentar resistir-s'hi.

–¿Jo? ¿Per què, jo? Tinc molta feina i no m'hi entendré.

–Candida, sisplau.

Va agafar el carro, la llista de la compra i va dirigir-se cap al mercat, sense discutir. Els sisplau de la mare no admetien rèplica.

Evidentment s'hauria estimat més quedar-se a la seva habitació, sentint música i pensant en en Viqui i el seu gra. Hauria plorat d'allò més perquè l'hauria envaït una suau malenconia que la faria sentir trista, feble i fràgil. S'hauria abandonat al record i a la tristesa desesperada. En canvi havia d'agafar un fastigós carro de la compra i anar a un mercat pudent ple de senyores cridaneres.

Va aprofitar el trajecte per torturar-se en solitari abans que el brogit del mercat li impedís concentrar-se en les seves reflexions autocompassives.

Ella li havia demanat a en Viqui que anés més sovint a casa seva i així podrien passar més estones junts. També li havia suggerit que li fes un petó de tant en tant, era tan escàs en les seves manifestacions afectives. Potser això havia estat el detonant. ¿S'havia sentit assetjat? ¿Això significava que en Viqui no sentia el mateix que sentia ella? ¿O que ella no podia manifestar-li res perquè s'ho prenia malament? ¡Que difícil! I ella era tan poc diplomàtica i en sabia tan poc, d'estratègies.

Si en Viqui hagués aparegut en una cantonada hauria dubtat entre donar-li un cop de puny a la cara o omplir-lo de petons. ¿Com es podia ser tan contradictòria? L'única explicació era que estava com una cabra. Va desitjar ser adulta. Els adults saben per què actuen i tenen criteri, convicció. Ella, en canvi, era un mar de dubtes, una olla de grills, que no sabia si s'estimava més oblidar-se d'en Viqui perquè amb ell patiria, segrestar-lo i xuclar-lo com una llimona o consumir-se lentament com una ionqui arrencant fulles de margarides i preguntant-se: «¿M'estima? ¿No m'estima?», o bé suïcidar-se amb tres capses de pastilles juanoles i deixar-se de punyetes.

–¡Però si és la Càndida! ¡I que maca i que gran que s'ha fet!

El rebombori a la cua de la carn va ser sensacional. Totes les senyores aprofitaven per dir la seva i recordar-la amb cuetes, ferros a les dents o amb bolquers.

Eren francament prehistòriques, va pensar la Càndida. ¿Com es podia haver viscut tant temps amb consciència de viure i estar tan tranquil·la? Les va imaginar deu anys, catorze anys enrere fent la mateixa cua, amb els mateixos culs, les mateixes arrugues, les mateixes faldilles fins als genolls, els mateixos pentinats de la perruqueria de la cantonada i els mateixos crits d'alegria en veure-la petitona i molsudeta. Es va esgarrifar.

La carnissera va assenyalar la Càndida.

–¡Però quin gra que tens, filleta! ¡Segur que te l'has burxat! Posa-t'hi camamilla i a la nit un cotó amb alcohol.

La Càndida es va tapar el gra ràpidament. I que n'eren, d'indiscretes!

–La meva nena es posa iode i li va de meravella.

–Doncs aquesta pomada que venen a les farmàcies encara va millor, ¿com se'n diu? Em sortirà demà...

La senyora Dolcet tenia pressa.

–Au, maca, demana tanda, que en tenim per estona, i tu, Pili, afanya't i no xerris tant, que no podrem fer el dinar avui.

La carnissera, que no podia parlar sense moure les mans, es va defensar.

–Mira, carinyo, no te m'enfadis que moriràs jove. –Es va adreçar a la senyora que servia:– ¿Les costelletes com les vols, reina?

–Sense greix. Treu-los tot el greix, que el darrer dissabte en Serafí em volia matar, ja saps que no el suporta.

–És que el tens massa ben acostumat, bonica. Als homes, si no els posem els punts sobre les is, se'ns enfilen i després no hi ha res a fer.

–Maria, Maria, que el tens massa aviciat, en Serafí.

La Càndida feia cua, avorrida.

–Ai, filla –va sospirar la Maria–. Això m'ho

havia d'haver pensat vint anys enrere, però a hores d'ara, ¿què vols que hi faci?

–Ens prenen el pèl a totes –va corroborar la Violeta de la ferreteria–. El meu és boletarire i arriba a les deu cada dia. Vols creure que no ens veu ni a mi ni als nens en tota la setmana i tan bon punt arriba el dissabte agafa el cistell, el cotxe i bon vent fins diumenge.

–Doncs tens sort que sigui boletaire –va exclamar-se la Pepeta de la Rambla–. El meu, que fa el torn de nit a la fàbrica des de fa dotze anys, es passa el dia roncant, la nit treballant i els dies que té festa, al bar, jugant a la botifarra.

La Càndida va posar les antenes. L'un boletaire, l'altre jugador, i dues dones resignades a viure amb uns marits que no veien mai. ¡Com estava el pati!

La Pili es va eixugar les mans ensangonades al davantal i va fer un somriure de triomfadora.

–Això és perquè no us els heu sabut treballar. Jo, com que penco dotze hores i ell vuit, ho vaig tenir clar des del principi. Li vaig dir: «Claudi, si no m'ajudes a casa, malament anirem». I em va ajudar.

La Càndida que s'havia mantingut en silenci va gosar demanar.

–¿I com t'ajuda?

–¡Em renta els plats, reina! I tant que me'ls renta, no s'aixeca ni un dia de taula sense rentar-los. ¿És o no, una joia de marit?

La Càndida no ho veia de la mateixa forma.

–I..., i rentar, planxar, cuinar, estendre, fregar el terra i cuidar els nens, ¿qui ho fa?

–¡I ara! Mira, maca, que tinc dos braços i no sóc manca, però marits com el Claudi no n'hi ha gaires, ¿oi?

Les senyores li van donar la raó.

–No saps el que tens, Pili.

–Conserva'l, i que no te'l prenguin.

–Jo, si es recollís la cendra que li cau del cendrer ja en tindria prou.

La Càndida es començava a interessar per la conversa.

–Doncs jo crec que és una mica injust, això.

Les senyores van riure.

–Au, Càndida, tu no hi pensis, en aquestes coses. Diverteix-te ara que ets jove.

–Això, tingues nòvios i vés al cine.

La Roseta, que era la mestra de segon de l'escola, va sospirar.

–Jo fa onze anys que no vaig al cine. I tant com m'agradava quan era jove. Però el meu marit no vol sortir mai. S'estarrufa davant la tele i, apa, vinga fer zàping.

La Càndida va passar a un segon terme i totes van fer costat a la mestra.

–Ja ho pots ben dir, que són uns morts en vida.

–A mi m'encanta ballar i ja ho veus, cosint mitjons a la nit.

–I jo em moro per sortir a sopar fora, però en Pere diu que jo cuino millor. No he deixat de fer el sopar en vint-i-nou anys ni una sola nit.

La Càndida al·lucinava. ¿Ser adult no significava fer el que et donava la gana? ¿No volia dir que se t'acabaven els problemes? ¿I el criteri? ¿No tenien criteri, aquelles senyores?

La Pili va brandar el ganivet.

–¿A qui li toca ara?

–Posa'm tres quarts de vedella per estofar, però que sigui meloseta.

–Se't desfarà a la boca. ¿I què se n'ha fet, de la teva cunyada, la Lluïsa? Fa temps que no la veig.

–No me'n parlis. Està separada. El molt bandarra la va deixar per una deu anys més jove i ha passat una depressió fortíssima.

La Càndida es va empassar saliva. Havien arribat a la tragèdia.

–¡Pobra noia! Però si era molt bufona, ¿oi que treballava als jutjats?

–¿Quantes criatures tenia? ¿Dues o tres?

–Tres. Pobrets meus.

Les senyores es van exaltar. N'hi havia que la compadien, d'altres que sospitaven que alguna part de culpa hi devia tenir ella, les altres que tots els homes són iguals i la Marga, que tornava de fer gimnàstica amb la seva bossa flamant, va tustar la Càndida.

–Però tu no t'espantis, ¿eh? Tu a divertir-te, que ara és quan no hi ha problemes. Els problemes vénen després. Ara sou tan felices, viviu la vida, que us serveixin, no heu de donar comptes a ningú i podeu canviar de nòvio cada setmana.

La Càndida començava a creure que tenia una part de raó. Aleshores va parlar la verdulaire. Era una dona encara jove, animosa, que fumava un cigarret darrere l'altre.

–Sí, jove, però que n'aprengui i que no li passi el que em va passar a mi.

La Càndida no sabia si escoltar-la o sortir per cames. Pel to que feia servir i la transcendència de la mirada s'esperava un melodrama insuperable.

–Mira, maca, jo em vaig casar als vint. El meu nòvio sempre buscava brega, però amb mi era bona persona. En tornar del viatge de nuvis va sortir amb uns amics, va tornar borratxo i em va donar un pallissa fenomenal. Des d'aquell dia vaig rebre cada setmana, sense entendre res de res. Vaig viure catorze anys amb ell i perquè tenia la meva filla que si no, no sé on acabo. Ara fa dos anys que m'he separat i no ho he superat encara.

–Però no expliquis aquestes coses a la nena, ¡que mira quina cara d'espantada que fa!

–¡Jo també estava espantada als vint anys!

–Au, Càndida, no t'hi amoïnis.

Però la Càndida estava a punt de plorar i no perquè li fes pena la verdulaire matxucada, ni la pobra cunyada abandonada amb tres fills, ni la dona del boletaire, ni la que no podia ballar, ni la mestra que sospirava per anar al cine, sinó que desitjava plorar per la condició humana.

Se li acabava d'esfondrar un mite: el mite dels adults.

Ella tenia esperances de ser adulta, però els adults, ¿quina esperança podien tenir? ¿Arribar a la tercera edat i viatjar amb l'Inserso? La vida era més dura del que pensava.

Quan tornava a casa, arrossegant les patates,

els tomàquets, el tall que es pela i els ous, va consolar-se. Tot plegat no era tan greu. Ni l'havien tustat, ni era una esclava submisa de ningú, ni estava condemnada a conviure amb un mort en vida. El seu problema era minúscul en comparació amb els problemes que arrossegaven aquelles senyores esvalotaires i cridaneres.

¿Quina importància tenia que en Viqui no li hagués trucat i tingués un gra a la cara? Ben poca. El gra marxaria i en Viqui potser tenia exàmens, estava constipat o li volia fer la guitza. En qualsevol cas ella podia posar-se iode, comprar-se una pomada, sortir amb les amigues, tornar a trucar-li o buscar-se un altre nòvio.

Les desgràcies dels altres l'havien aclaparat, fins al punt que acabava d'entendre a Einstein: tot és relatiu.

En arribar a casa, va desar la compra a la nevera i va reflexionar sobre la instructiva lliçó que havia rebut al mercat. La Lucil·la va passar tot seguit per la cuina per demanar-li un tallet de pernil dolç. En Gaudenci, amb un llibre sota el braç, va obrir tranquil·lament la nevera i, a peu dret, es va cruspir un iogurt no caducat dels que acabava de dur la seva germana. En Marcel·lí, sense ser vist ni sentit, va arrossegar-se fins al cistell, el va abocar i va engrapar un petit suís de maduixa.

La Càndida es va posar les mans al cap, ben esverada.

–¡Això és una casa de bojos!

Només faltava el gos, i també va arribar. El

Llamp Atòmic va entrar com una tromba, va trepitjar el petit suís d'en Marcel·lí, va remenar la cua davant d'en Gaudenci perquè li fes una carícia i va llepar les sabates de la Lucil·la. A la Càndida, és clar, li va demanar menjar.

–¡Bub-bub!

La Càndida va pensar en les pobres dones del mercat que havian d'entretenir-se tot el dia amb espectacles com aquell.

–¡Sou una colla de vàndals!

–Parles com la mama –va contestar-li la Lucil·la, amb la boca plena de formatge.

–T'ha vingut a veure la Coia –va apuntar-li en Gaudenci, que escurava el iogurt.

La Càndida se'n va alegrar. La Coia era una noia divertida.

Com si hagués estat esperant que parlessin d'ella, va sonar el timbre de la porta.

–Deu ser la Coia –va contestar la Lucil·la, remenant els paquetets per trobar la mortadel·la.

–¡Fora d'aquí immediatament! ¡Quan torni no vull veure ningú!

–No has donat el menjar al Llamp Atòmic. Mira-te'l, el pobre –va retreure-li en Gaudenci, eixugant-se les restes de iogurt amb la màniga.

–Dóna-l'hi, tu! Que ets el seu amo.

A la porta s'esperava la Coia amb un somriure d'orella a orella. La va petonejar i li va agafar la mà.

–¿Tens una mica de xocolata? Tinc una cosa sensacional per proposar-te, però em moro de ganes de menjar xocolata i la garrepa de la meva tia no me'n vol donar perquè diu que em sortiran grans. ¡Ospa! ¡Quin gra que tens! ¿Que has menjat xocolata?

La Coia va entrar a la cuina atapeïda de gent i es va servir ella mateixa.

La Càndida es va arremangar i es va posar a la feina.

Va donar una puntada de peu al Llamp Atòmic, va ficar en Marcel·lí i el seu petit suís dins del parc, va arrossegar la Lucil·la per les cues fins al balcó i va llançar el llibre d'en Gaudenci al passadís. Era una dona d'acció. La Coia estava admirada.

–Escolta, ¿saps que m'agrada molt el domini que tens? Mira, jo et pensava proposar una cosa així.

–¿Quina? –va fer la Càndida, esbufegant i fingint no sentir els plors, els lladrucs i els insults de la seva família.

–Doncs fa dies que penso que tu i jo hauríem de viure una aventura emocionant. Sempre que vinc a Barcelona m'adono que sóc idiota i desaprofito oportunitats. En canvi si tinguéssim un pla, alguna cosa excitant...

–¿Com què? –va preguntar la Càndida, interessada. Ella també estava farta de la monotonia, de les esperes telefòniques i dels dibuixos de les cinc.

–Jo crec que si ens escapéssim aquesta nit de casa i anéssim al festival de rock seria superexcitant.

La Càndida es va posar a cent. Però havia de fer d'advocat del diable.

–Jo no em puc escapar, em vigilen.

La Coia tenia solucions per a tot.

–Mira, tu dius que véns a dormir a casa meva i jo dic que vinc a dormir a casa teva. Totes dues marxem i tornem a l'endemà. ¡Imagina't! Una nit totes dues soles. ¿T'adones del munt d'aventures emocionants que podríem viure?

El plaer de les coses prohibides va temptar la Càndida. Les senyores de la compra li havien dit que s'ho passés bé ara que era jove. Ella era jove... ¿Per què no podia fer una bestiesa com aquella? Amb la Coia tenia assegurada la companyia i la inspiració. Era molt ocurrent i tenia un morro que se'l trepitjava.

–No és mala idea –va comentar amb cautela. De sobte es va engrescar... ¿I per què no?

–¡Fantàstic! ¡Seria sensacional! ¡Ens ho passaríem superbé, tu i jo, en un festival! Tota una nit sense dormir, increïble.

La Coia havia sembrat la seva llavor en bon moment i en bona terra.

La mare de la Càndida, pàl·lida i amb sabatilles les va interrompre.

–Càndida, filla, els teus germans estan insuportables, ¿per què no te'ls emportes una estoneta al parc? T'ho demano com un favor.

La Càndida va maquinar. Si ella feia un favor a la mare, la mare també li podria fer un favor a ella.

–Molt bé, mama, si vols fins i tot passejaré el Llamp Atòmic, però, ¿em deixaràs anar a dormir a casa els tiets de la Coia, aquesta nit?

La mare estava en baixa forma i devia un favor a la Càndida. No tenia opció.

I la Càndida, acompanyada de la Coia, va sortir en processó cap al carrer, empenyent un cotxet de criatura, estirant d'un cadell de gos i arrossegant una germana petita.

No era una màrtir, no ho era. Tenia claríssim que allò era el pagament per avançat d'una nit aventurera.

La Coia estava tan emocionada com ella.

–Ja ho veuràs, quina nit. No ho he fet mai, però quan et vaig conèixer vaig pensar que eres la companya ideal per passar emocions fortes.

Al parc es van asseure en un banc, van deixar en Marcel·lí al sorral amb la seva galleda i la seva pala, van fer fora la Lucil·la i van començar a xerrar.

–¿Puc endur-me el Llamp Atòmic a passejar? –va preguntar, educadament, la germana petita.

A la Càndida li va semblar una idea magnífica, així desapareixien dos objectes molestos de la seva vida.

La Lucil·la es va esfumar i al cap d'una hora, quan la Càndida, assumint les seves responsabilitats, va considerar que era l'hora de tornar a casa, encara no havia arribat.

–¿I on s'ha ficat, aquesta, ara?

La Coia va mirar cap a totes bandes.

–¿Ho fa sovint, això d'evaporar-se?

–Està com una regadora, segur que deu estar collint aranyes repugnants en algun racó del parc.

Però no ho va dir gaire tranquil·la. ¿I si li havia passat alguna cosa?

Va recollir en Marcel·lí, el va entaforar, vulguis no vulguis, al cotxet i va disposar-se a rescatar la Lucil·la fos on fos.

La Coia era experta en estratègies.

–Tu surts per la dreta, jo per l'esquerra i ens tornem a trobar aquí, així rastrejarem la zona.

La Càndida va sortir d'estampida, empenyent el cotxet com un fórmula u. En Marcel·lí xuclava la pipa amb força i obria uns ulls com unes taronges. Li semblava magnífic.

La Càndida va fer el seu recorregut en vuit minuts i vint segons. La Coia en nou minuts, trenta-dos segons i disset dècimes. Tanmateix portava reforços.

–Mira, aquests nois ens ajudaran a trobar-la. Són molt simpàtics i tenen informacions fresques.

La Càndida es va empassar saliva. ¡Eren els Tomorrow Boys, capitanejats per en Deivi Rinxolets! ¡La Coia estava torrada! Va intentar fer-li senyals però tot va ser inútil. En Deivi Rinxolets va fer un pas endavant i la Càndida, automàticament, va fer un pas enrere.

–¿Tu ets la germana de la titi del gos?

La Càndida va moure el cap afirmativament. Tremolava.

–Doncs vinga, tu vindràs amb la meva moto.

La Càndida es va pensar que era una broma.

–Però, però...

En Deivi es va impacientar.

–Ha sortit del parc fa una hora, si vols trobar-la esbocinada, tu mateixa; però si vols recuperar ni que sigui una cua, puja darrere meu.

La Càndida va tremolar més, i aquesta vegada amb raó. ¿Era possible que la Lucil·la estigués realment en perill?

–¿I el nen? –va fer, amb un filet de veu, la Càndida.

En Marcel·lí es mirava en Deivi amb insolència de bebè omnipotent.

–Que hi pugi, també.

La Càndida va agafar en Marcel·lí a coll i va obeir en Deivi. Les motos els esperaven arrenglerades a la cantonada. La Coia es va enfilar darrere d'un pèl-roig amb arracada i la va acomiadar.

–Que hi hagi sort.

En Deivi donava les ordres.

–No m'atropelleu ningú ni m'estimbeu la titi. Heu de clissar la bollicao amb cues i el gos, no aixafar-los, ¿m'heu entès, caps de cuc?

La Càndida l'esperava sobre el seient feta un flam. ¡Quin cacau s'havia muntat per culpa de la seva badada! ¡Com podia haver donat permís a la Lucil·la per passejar tota sola! Ella era una irresponsable i la Lucil·la una cap de trons. No s'ho perdonaria mai si la seva germaneta perdia una sola cua.

Quan en Deivi va arrencar, a en Marcel·lí li va caure la pipa de l'ensurt. La Candida el va agafar ben fort i va tancar els ulls. ¡Com conduïa!

Cada cop que pretenia obrir-los els havia de tornar a tancar. ¡Quina barbaritat! ¡Anava contra direcció, se saltava semàfors, s'enfilava damunt de les voreres! Allò era un suïcidi. El qui estava encantat era en Marcel·lí, que s'havia quedat amb la bava petrificada.

–¿On anem? –va preguntar la Càndida.

–A l'escorxador –va contestar en Deivi, amb veu terrorífica.

La Càndida volia plorar. La Lucil·la, la Lucil·leta, la microbi repugnant, com ella la insultava, podia haver-se convertit en hamburguesa.

Però a l'escorxador no hi havia ni rastres de nena ni gos. Si no és que ja estiguessin en un estat que es fes impossible reconèixer-les.

–¡Anem a l'abocador d'escombraries!

La Càndida va imaginar la Lucil·la i el pobre Llamp Atòmic esbocinats enmig de llaunes de sardines i va abraçar el petit Marcel·lí.

A l'abocador tampoc no hi havia ni rastre de cues.

En Deivi era rapidíssim.

–Anem a l'esplanada dels violadors.

La Càndida començava a espantar-se de debò. ¿Quants llocs terrorífcs hi havia a la ciutat?

–¿Vols dir, tan petita i violada? –va mormolar, volent convèncer-se que era un malentès.

–Els encanten les bollicaos amb gos.

La realitat del carrer era francament esgarrifosa, pensava la Càndida. I ella tan tranquil·la, parlant de passar una nit al carrer buscant emocions... ¡Doncs quantes emocions l'esperaven! Podia acabar violada, socarrimada, esbocinada, plegada, ¿com podia haver tingut desitjos d'aventures? La pobra Lucil·la sí que estava passant una bona aventi. ¿O potser ja l'havia passada per sempre? Se li va escapar una llagrimeta, per la seva inconsciència.

A l'esplanada, en Deivi va tenir una altra de les seves extraordinàries idees.

–El més probable és que l'hagi raptada la banda dels City Boys.

A la Càndida no li va semblar una perspectiva gaire més tranquil·litzadora. ¿Per què la Lucil·la no s'havia quedat assegudeta al seu costat, com una nena qualsevol?

De sobte unes botzinades els van alertar. Eren tres Tomorrow Boys que els encalçaven i els feien senyals perquè s'aturessin. La Càndida va fer visera i el cor li va fer un salt. Darrere d'un musculets amb samarreta, que conduïa una Yamaha, seia la Lucil·la amb el Llamp Atòmic. La Yamaha va frenar arran seu amb un soroll de mil dimonis. El de la samarreta va informar el seu cap.

–La bollicao s'estava fotent un gelat de vainilla a la granja dels Mandonguis. Hem hagut de pagar-li el gelat perquè no duia pasta.

La Lucil·la, amb la cara bruta de vainilla, va aguantar la mirada de la Càndida sense parpellejar. Havia de tenir valor, els ulls de la Càndida la van socarrimar.

–¿Per què t'has escapat? –va bramar.

–Volia tenir una aventura excitant –va contestar la Lucil·la amb tota la barra.

Era l'únic argument que podia desconcertar la Càndida.

I efectivament la va descol·locar.

13 *Sant Jordi besa l'aranya*

LA CÀNDIDA havia esperat frisosa durant quatre mesos que arribés el dia de Sant Jordi. Aquell matí assolellat, el calendari assenyalava 23 d'abril, però pel que feia a la Càndida tant podia haver estat 23 d'agost. Sense rosa ni llibre la diada dels enamorats i llibròfils, ramblejant arrapats amb cara de coloms primaverals, li semblava odiosa. La seva realitat era tan crua com el bacallà d'Islàndia: s'hauria d'empassar l'orgull perquè ningú no li regalaria cap rosa i no tenia ningú a qui comprar cap llibre.

Si en Viqui Pigallat no s'hagués fet fonedís i no li hagués penjat el telèfon tres cops durant les vacances, la Càndida hauria xalat de valent fardant de rosa, lluint nòvio i exhibint llibre sota el braç. Era tan imbècil que quatre mesos enrere ja havia decidit el llibre que hauria regalat a en Viqui, prèvia consulta amb en Gaudenci, es deia *Cita amb Rama*.

Ara però, ni Rama, ni cita, ni rosa.

Tornava a ser una escolar escolaritzada sense nòvio.

–Càndida, et deixes els diners dels llibres –la va avisar la mare.

–Si ella no els vol, ja els agafo jo –va saltar en Gaudenci, que estalviava des de començament de curs com un soviètic per poder aconseguir una tona de llibres.

La Càndida va guardar-se els diners a la butxaca de mala gana i va tirar escales avall.

–¡Aparta, virus repugnant!

En Gaudenci no tenia amor propi, tractant-se de llibres, i va córrer al seu darrere com hauria fet l'indigne Llamp Atòmic.

–Au, Candi, que a tu no t'agrada llegir, jo ja te'ls explicaré i t'estalviaré la feina.

–Ta tia, ¿m'has sentit? Li estalvies la feina a ta tia i li llegeixes els llibres a l'hàmster d'en Jordi Jardinet.

–Però, però, ¿per què els vols? A tu et fa mandra passar les pàgines i ara que en Viqui t'ha plantat no tens ningú a qui regalar-li i...

Va callar en sec. La cara de la Càndida era prou eloqüent i ell havia ficat la pota fins al coll. Era un bocamoll.

La Càndida no va poder suportar-ho. La seva desgràcia era tan evident que fins i tot el mitjamerda d'en Gaudenci se n'havia adonat. Va esclatar en plors.

–¡Buuuu! La meva rosa..., buuu, ¡no podré comprar *Cita amb Rama*...! ¡Buuu! ¿A qui l'havia de regalar?

En Gaudenci se sentia fatal.

–Me'l pots regalar a mi, jo encara no l'he llegit i...

–¡Uuuu! ¡Callaaaa! ¡El dia de Sant Jordi és el pitjor dia de la meva vida!

La Lucil·la, que caminava uns passos més enrere, no hi va estar d'acord.

–¡No és veritat! És un dia superguai, jo faig de drac; l'Antonieta Lionesa, de princesa i l'Enriquet Riu Riu, de Sant Jordi. Sé fer uns grunys terribles i abans que l'Enriquet no em clavi l'espasa socarrimaré la princesa i queixalaré Sant Jordi. L'Estrella Aspirina no s'ho creu i diu que és trampa perquè no surt a la llegenda, però el drac no podia ser tan tonto per deixar-se enforquillar com una oliva sense defensar-se, a més l'Antonieta és una cursi, l'Enriquet un masclista i...

La Càndida sentia el disc ratllat de la Lucil·la i es fixava que la gent la mirava pel carrer. Es va llepar les llagrimotes. ¡Quin ridícul! I és clar, semblava la Dolorosa. Tanmateix la cantarella de la seva germana la distreia. Ella havia fet de princesa i recordava encara l'entrada triomfal de Sant Jordi, brandant l'espasa de cartró i estossinant el probre drac. S'havia sentit una princesa de debò. Llàstima que els cavallers estiguessin passats de moda i amb el temps ella hagués esdevingut una pobra ventafocs.

La Cuca Cordill, la Febrònia Fivaller i la Sònia Sabó l'esperaven amb la notícia a flor de somriure.

–L'insti...

–Paradetes...

–Supermassa...

Eren com tres venedores d'enciclopèdies parlant alhora. Finalment la Càndida va descodificar l'embull.

Els de primer de BUP anirien a comprar llibres a les parades que havien organitzat els alumnes de l'institut, o sigui que anirien a l'institut. Allò va ser el súmmum.

–Però, Càndida, ¿no et fa il·lu?

La Sònia Sabó no ho entenia.

–És ple de tios...

Aleshores hi va caure. La Febrònia la va ajudar.

–Pigats i creguts.

La Cuca Cordill, molt al seu estil, es va rabejar en la desgràcia de la seva enemiga.

–És clar, pobra Càndida, veuràs en Viqui Pigallat i com que ja no et fa cas no et regalarà cap rosa.

La Càndida no estava per mandonguillades i va mossegar.

–¡Un cardot!

–¿Com?

–¡Que quant et vegin a tu et regalaran un cardot!

–Ha, ¿em sents? ¡Ha! A mi en Vicentet Viaducte em regalarà una rosa florentina i jo li comparé *Han florit les violetes verdes,* el darrer llibre de poemes d'en Quico Romanisses que...

Afortunadament, la Sònia i la Febrònia van contenir la Càndida abans que les arracades de pasta de la Cuca Cordill fossin arrencades amb orelles i tot.

–Tranqui, Càndida, amb una mica de sort no el veuràs –va mormolar, conciliadora, la Febrònia abans de sortir al carrer i enfilar el camí de l'institut.

La sort no acompanyava la Càndida. En posar els peus al recinte fatídic va voler tancar els ulls i amagar-se darrere el tupè d'en Xavi Xoriço però la visió persistia. Havia vist llibres amb pigues i roses amb pigues. ¡L'havia vist!

La Sònia i la Febrònia també l'havien vist, però van intentar distreure la seva amiga.

–¡Fixa't en aquell d'allà! ¡El que té les marques de les ulleres d'esquí!

Es referien a un noi d'èxit que estava voltat d'admiradores. La Sònia en coneixia els detalls.

–És molt famós, les meves germanes en parlen molt, li diuen «el castigador».

La Càndida, prou castigada se sentia, va fer una llambregada sense interès. Alguna cosa, però, li va interessar. Aquells ulls i aquell somriure..., ¿on els havia vist? Estava segura de tenir-los emmagatzemats en l'arxiu d'impressions confuses, allà on els records són una massa indestriable de xips sense codificar.

–Au, vinga, a triar llibres que d'aquí a mitja hora donarem els premis literaris. –Era la «Mariona que bona», la profa de cata.

–¿Aquí? –va inquirir la Cuca Cordill, amb veu esquerdada. S'havia presentat al concurs literari.

–Sí, farem el lliurament de premis conjuntament amb els de l'institut.

La Cuca Cordill es va treure el rímmel de la

bossa i es va empastifar les pestanyes. Estava molt nerviosa.

–Vaig escriure un conte guapíssim, la meva mare em va dir que era sensacional i el meu pare em va dir que m'apuntaria a un curset d'escriptors estiuencs.

La Càndida sentia basques. Odiava els llibres, la Cuca, les roses i les pigues. Es va camuflar entre el tupè d'en Xavi Xoriço i l'escarola de la Carmela Caravel·la i va reaparèixer davant d'una paradeta perifèrica.

Fingia mirar els llibres, però de cua d'ull vigilava els moviments d'en Viqui. Ell no l'havia descobert. Portava un llibre sota el braç i parlava amb una noia rossa. Es va mossegar els llavis i, aleshores, va decidir que en compraria un, gros o petit, gruixut o prim, tingués sentit o no en tingués, fos per a subnormals o per a entesos. Compraria un llibre perquè era el dia de Sant Jordi, calia ser normal i no podia passar-se la resta de la seva vida lamentant-se per unes pigues de plastilina.

Va mirar i remirar fins que el va trobar. Es deia *Com més et conec més m'agrada el teu gos*. Devia ser guapíssim. Evidentment era de la mena de títols que en Viqui rebutjaria d'entrada, igual que rebutjava el bàsquet, els Eskolars Kaníbals i els pantalons arrapats. Precisament per això el compraria.

–¡Càndida, afanya't, és l'hora dels premis!

–¡Vinga, Càndida, que potser em guanyaràs i tot! –va afegir la Cuca Cordill.

La Cuca estava com un flam i es mirava d'esquitllentes en un mirallet en forma de cor que portava d'estranquis a la butxaca.

La Càndida s'havia presentat al concurs literari per compromís. De fet, la Mariona havia insistit tant que el dia abans de finalitzar el termini va arrambar mitja hora l'ordinador i va vomitar una narració més de l'estil d'en Gaudenci que seu. Gairebé no se'n recordava ni de què anava.

–¡Mira qui hi ha a dalt!

Dalt de la tarima, amb el micròfon a la mà, en Viqui, la noia rossa i el «castigador» presentaven l'acte. La Càndida es va amagar la cara darrere el llibre. Se la va amagar fins que en Viqui Pigallat va obrir una plica i va dir el seu nom.

La Càndida, el llibre de la Càndida i la moral de la Càndida van caure a terra. La Febrònia la va assistir i, vermella com un pot de quetxup, la va felicitar.

–¡Càndida! ¡Has guanyat! ¡Càndida! ¡Reacciona!

–No puc recollir el premi –es resistia la Càndida, prement el llibre i tremolant com un beduí al pol.

–¡Ja el recolliré, jo! –va oferir-se la Cuca Cordill, amb ulls tèrbols.

Però la Sònia i la Febrònia van impedir que la caritativa acció de la Cuca prosperés i van arrossegar la Càndida fins al peu de la tarima. La Càndida va pujar les escales d'esma.

¿Qui li demanava presentar-se al concurs literari i guanyar-lo? ¿Per què tenia tan mala sort que fins i tot tenia sort quan no volia tenir-la?

En Viqui era el drac i ella la pobra princesa condemnada per un poble indiferent a ser engolida per la bèstia. El drac l'esperava dalt de la tarima, amb cara de triomfador, amb la noia rossa al seu costat, i llest per rematar-la i cruspir-se-la.

La Cuca estava negra.

–No ho entenc, ha guanyat el concurs literari i sembla que vagi a l'escorxador.

La Càndida sospirava per Sant Jordi. Si fos una mica crèdula i cregués en els miracles...

De sobte va aparèixer. Més ben dit era dalt de la tarima amb aparença humana de «castigador» i noi d'èxit i es va transformar en Sant Jordi. Era Sant Jordi amb armadura, que s'interposava entre ella i el drac i avançava amb una rosa a la mà. Va ser Sant Jordi «castigador» qui li va oferir la rosa i li va somriure.

El tenia a tan sols un pam de distància i, des d'aquella proximitat gairebé íntima, a la Càndida se li van il·luminar els records. Va reconèixer el somriure i els ulls... ¡Era el seu tigre! ¡No era possible!

A la Càndida ja no li va importar res, la realitat era tan absurda que, si en Viqui Pigallat hagués tret foc per les pigues i el seu tigre se l'hagués menjada dalt de l'escenari, li hauria semblat la cosa més natural del món. S'havia transformat en princesa.

Des del públic, la Febrònia i la Sònia no badaven boca.

–El castigador no deixa que en Viqui s'acosti a la Càndida. ¡Ospa! ¡I li regala la rosa!

Sant Jordi va traspassar la Càndida amb la mirada i li va fer un petó de foc a cada galta, li va dipositar una rosa a les mans i a cau d'orella va mormolar amb veu felina.

–¿Com està la meva aranya?

La Càndida va recordar la seva llengua i les seves ratlles de tigre carnestoltí. Estava presa d'un encanteri. Sant Jordi la va repassar, va repassar el seu llibre, se li van encendre els ullets i va exclamar.

–¡Increïble! «¡Com més et conec més m'agrada el teu gos!»

La Càndida va sentir un impuls i li va oferir el llibre.

–Era per a tu, Jordi.

Sant Jordi va somriure i la seva armadura va resplendir.

–Després Sant Jordi besarà l'aranya.

14 *La primavera de la Càndida*

LA PRIMAVERA havia esclatat per als conductors d'autobusos, els repartidors de butà, els venedors d'enciclopèdies i les taquilleres del cine.

Per als estudiants no existia la primavera, o si més no aquesta era la consigna de l'establishment.

¿Per què la pitjor època del curs coincidia amb la millor època de l'any? Misteris del calendari escolar. Injustícia de les injustícies.

Però la primavera de la Càndida no era una conformista vergonyant que es resignés a ser considerada companyia non grata. Ben a l'inrevés, tenia la barra de fer-se notar en tots moments i a tot arreu. Era omnipresent. Es manifestava en els tebis rajos de sol que li escalfaven la pell, en l'aroma de les maduixes amb nata que li feien salivera, en els colors dels aparadors de les botigues, en l'enveja dels vols charter a Honolulu, en el desig de quedar-se llevada fins tard i riure fins a agafar el singlot i, sobretot, en l'anhel de besar i ser besada.

Era una bogeria.

La Càndida va decidir lluitar a mort contra la

primavera. En aquells moments i a les portes de l'examen d'anglès, només li reportava un sabor agredolç de tast prohibit.

PROHIBIT ASSABORIR LA PRIMAVERA.

Aquesta seria la seva consigna. Fins que s'acabés el curs, és clar. ¡Que n'era de dura, la vida dels estudiants!

El primer i més important per atacar aquella maleïda llengua infernal de l'ànec Donald era aconseguir ajuda. Després de valorar totes les possibilitats va decidir recórrer a la Carmela Caravel·la, la del cap d'escarola.

La Carmela era mig ianqui per part de cosins segons i tenia un munt de germans repartits pel món. Era una noia internacional, que xerrava anglès com aquell qui menja pipes. Era la seva salvació.

–Encantada, Càndida, serà superguai donarte un cop de mà d'anglès, el problema és que no sé quan ni com perquè tinc tot el dissabte ocupat. Al matí vaig a dansa, al migdia jugo a tennis, a la tarda he quedat amb el meu germà que estudia als Estats Units i...

La Càndida aguantava la respiració. ¿I ella? ¿Tindria un segon ni que fos per a la seva ignorància?

La Carmela es gratava l'escarola, pensativa.

–¡Ja ho tinc! Vine a la cita amb el meu germà i parlem en anglès. Com que no el veig gairebé mai tant se me'n dóna parlar-li en rus com en japonès.

–¿Vols dir? –va mormolar la Càndida, imaginant un odiós triangle inintel·ligible.

La Carmela Caravel·la estava entusiasmada amb la seva idea.

–I és clar que sí, serà fabulós, és molt simpàtic, ja ho veuràs.

La Càndida no va quedar gaire entusiasmada, però no podia demanar bollicaos amb crema. Si el destí li proporcionava una estúpida conversa protocolària en la llengua de l'imperi tampoc no seria tan idiota per desaprofitar l'ocasió.

–¿I m'explicaràs el rotllo aquest del *do* i el *did*.

–No té secrets. Ja veuràs com al cap d'una estona xerraràs com una grangera de Minessota.

–¿I al teu germà, no li importarà?

–¿I ara, què dius? Estarà encantat. Et trucaré dissabte. ¿OK?

Dissabte feia sol de Costa Brava, aroma de plantació de roses i música celestial. Era insofrible.

La Càndida va recollir estoicament el llibre de jeroglífics saxons, es va embotir els texans de la quaranta-dos i va evitar mirar per la finestra. El telèfon va ser puntual. Ring, ring.

–¿Candi? Sóc la Carmela, escolta, xata, és que jo m'endarreriré una estoneta, fes-me un favor, he quedat amb el meu germà a les cinc, vés-hi tu i espereu-me prenent una coca-cola i practicant.

–¿I com sabré qui és?

–Facilíssim. És morè, prim i amb ulls de xinès. Es diu Timmi. Fins després, cuqui.

La Cuqui-càndida va sortir a la recerca del germà estranger, morè i prim. No estava malament, la broma.

El Xupa-xup, el bar on s'havien citat, estava ple de parelletes primaverals prenent-se el pols. La Càndida va evitar pensar-hi. Amb la il·lusió que li hauria fet quedar a prendre una tònica amb el seu tigre en comptes d'estudiar anglès a la coca-cola.

I quan trobés el germanet, ¿què li diria? ¿Què se li pot dir al germà estranger d'una amiga en una tarda boja de primavera? ¿M'ensenyes el *do* i el *did*? Quin ridícul... El més probable era que li ensenyés la porta.

Es va asseure en una taula buida i va mirar discretament al seu voltant. Just al seu darrere un xicot morè mirava el rellotge, impacient. De prim no es pot dir que ho fos gaire, però tirava a agitanat. Pel que feia als ulls també hi havia discrepàncies, els tenia com dos donuts. Però havia de ser ell. Es va armar de valor i va fer somriure d'amiga de germana.

–Ehem, hola.

–Hola.

–¿Et dius Timmi?

–Em dic Pep, però si vols em puc dir Timmi.

La Càndida no sabia on amagar-se. Havia ensopegat amb un galtes que es volia enrotllar.

–Perdona, però he ficat la pota.

–Per mi pots tornar-la a ficar.

La Càndida el va repassar amb insolència. No era el seu tipus. Va alçar el cap amb dignitat i es va tornar a asseure.

Mentre xarrupava la seva coca-cola es va fixar que a la barra hi havia un llargarut granissat que llegia la pàgina dels esports. ¿Potser la morenor la tenia amagada sota els grans? Com que els ulls els tenia ocupats tampoc no se li veien, però estava sol i era prim. Va atacar a la valenta.

–Hola, ehem, em dic Càndida.

–¿Què?

¡Era sord! ¡El germà de la Carmela era sord, havia d'aprendre anglès amb un sord!

–¿Et dius Timmi?

–Crida més que no et sento.

–¿Ets el germà de la Carmela?

–No, no tinc cap pela i estic fart que me'n demanin. Si no pots agafar l'autobús vas caminant, i si has perdut el tren fas autostop.

La Càndida no sabia on mirar, la prenia per una barruda.

–NO ET DEMANO PELES, NOMÉS VULL SABER SI ETS EL GERMÀ DE LA CARMELA.

El granellut sord a més també era profundament antipàtic.

–Doncs et fots, perquè no conec cap Carmela.

La Càndida va tornar al seu observatori i va maleir l'anglès, les amigues tennistes ocupades i els germans americans de les amigues.

Era un quart de sis. Perdria la tarda miserablement amb una família fantasma, se li escaparia l'ocasió de fer manetes amb el seu tigre, no aprendria el misteri del *do* i faria el ridícul buscant un germà estranger amb cara de xinès.

La porta es va obrir i va entrar la primavera de la mà d'un noi ros, color de mel bronzejada, amb texans i ulleres de sol. Va donar una ràpida llambregada a l'interior del Xupa-xup i es va asseure amb indolència a la taula del costat de la Càndida.

No podia ser ell, però li hauria fet il·lusió que ho fos. No era la Càndida estudiant qui se'l mirava sinó la Càndida primaveral que no li treia els ulls de sobre.

No era morè, no tenia ulls de xinès i no s'assemblava gens a la seva amiga, però no podia deixar de mirar-lo.

¿I si ho intentava?

Va desestimar-ho. No estava disposada a un tercer i espantós equívoc. Mirar, però, era de les poques coses que es podien fer de franc.

De cua d'ull observava com engrapava un pastís darrere d'altre. Va tenir una interferència primaveral. ¡Quins llavis més ensucrats! Va tenir una esgarrifança. Petó de maduixa, petó de gerds, petó de crema, petó de nata. Es va estremir. En aquells moments havia oblidat la Carmela, el seu germà sinoanglòfil i el repugnant examen de dilluns. Li quedava l'excusa del germà. ¡I és clar! Era una magnífica excusa per xerrar. ¡Quina barbaritat! Xerrar amb un desconegut.

Però era tan fàcil dir «perdona, ¿et dius Timmi? ¿No? Doncs estic esperant-lo des de fa mitja hora i es deu haver despistat. ¿Saps què...? Estudia als Estats Units. Jo sóc una amiga de la seva germana i hem quedar per practicar anglès.» Fins i tot quedava bé, era una excusa interessant. ¡A la una, a les dues i a les tres!

–Perdona, ¿et dius Timmi?

–Sí.

A la Càndida se li va petrificar el somriure i a en Timmi se li va embrutar el nas de xocolata. Que n'era d'imbècil. Era morè de pell i no de cabell i els ulls els tenia amagats sota les ulleres. ¿I ara, què?

–Ehem, doncs jo sóc una amiga de la teva germana Carmela.

En Timmi s'havia trasmudat, feia un posat seriós i inquisitiu. No deia res. Quin mal tràngol.

–Bé, la Carmela m'ha demanat que t'avisés perquè ella vindrà més tard. Havíem quedat per practicar anglès i...

En Timmi semblava ofès amb la germaneta. Es va netejar la xocolata i va reaccionar gradualment.

–No, no m'havia dit res.

La Càndida va fer un somriure de circumstàncies.

–Hi, doncs mira, hi.

Es va sentir paranormal. ¿Com es pot dir «hi, doncs mira, hi»? En Timmi va recuperar l'aplom.

–¿Com et dius?

–Càndida.

Aleshores va somriure. Va somriure com els àngels i la primavera va tornar a irrompre esplendorosa i suggerent.

–Seu, Càndida.

La Càndida va ensopegar amb la cadira, va arreplegar el llibre i la coca-cola i es va asseure al costat del germà reencantat. Encara somreia i se la mirava darrere les ulleres de sol.

–¿I què fas?

–Doncs estudio. Estudio amb la Carmela. Bé

no estudio gaire, però no em surt malament del tot. El que no m'entra és l'anglès.

En Timmi es va treure les ulleres i es va mirar el rellotge. Tenia una deliciosa cara oriental i malèvola. La Càndida va aguantar la respiració. Li diria que tenia molta pressa i que esperés ella soleta. No parlava gaire. ¡Vés a saber què pensava!

–Escolta, conec la meva germana i segur que no es presenta. ¿Què et sembla si anem a fer un tomb? No tinc ganes de passar-me la tarda dins d'aquest Xupa-xup.

La primavera es va avançar a la Càndida i va contestar per ella.

Al cap d'un minut es deixava acaronar pels darrers rajos de sol ciutadà i caminava lleugera al costat d'un enigmàtic i encantador germà caigut del cel imperial. Se sentia lleugera, massa lleuguera.

–¿No duies un llibre?

¡Horror! S'havia deixat el llibre d'anglès.

–¿Vols que hi tornem?

La Càndida va fer el cor fort. Havia de ser a les vuit a casa. Eren dos quarts de set, si hi tornava tal vegada es trobaria la Carmela i adéu germà per a ella sola. L'anglès o la primavera. La decisió estava presa.

–Ja el recolliré un altre dia.

Assaboriria la seva tarda fins a les vuit.

–¿Saps què? M'agrada parlar en català, allà no en tinc gaires ocasions.

La generositat de la Càndida no tenia límits.

–Doncs parlem-hi, a mi també m'encanta

parlar en català, de fet no sé parlar en altra cosa.

–La Carmela acostuma a tenir unes amigues molt simpàtiques.

La Càndida va procurar ajustar-se al cànon d'amiga simpàtica fins a les vuit. Era una ventafocs.

A les vuit i dos minuts eren davant el portal de casa seva. S'havien d'acomiadar. La primavera, però, encara no es retirava a descansar.

En Timmi va sospirar.

–Jo marxo demà.

La Càndida va sospirar. Li faria dos petons, donar la mà quedava fatal.

Es va posar de puntetes i en Timmi es va ajupir, però els llavis de la Càndida van topar amb els llavis amb regust de xocolata. No es va espantar, ni es va impressionar. Va aspirar l'aroma del capvespre mentre s'acomiadava amb un intens petó a l'americana.

La primavera era la guanyadora absoluta per KO.

15 *¡Ohhhhhhh!*

LA CÀNDIDA es volia posar negra com el cafè de Colòmbia, però només disposava d'un miserable dissabte al matí. La Cuca Cordill havia anat a Menorca; la Sònia, a Cadaquès; la Febrònia, a Lloret; la Coia, a Benidorm. Ella només podia anar a la Barceloneta.

Aquell dissabte o mai.

Es va empassar tots els informatius del temps, va seguir amb atenció la trajectòria de l'anticicló de les Açores i va encreuar els dits en veure aparèixer una borrasca mediterrània que treia el nas per allà l'Estret.

Divendres a la nit estava com un flam. Tenia un banyador nou de licra, una bossa de vímet de color taronja plena de potingues i cremes, una dotzena d'entrepans embolicats, el despertador programat a les sis i el cor encongit.

¿Plouria o no plouria?

–¡Gaudenciiiii!

Va tornar a cridar-lo mentre inspeccionava el cel tèrbol des de la seva finestra.

–¡Gaudenciiiii! Vine a veure si hi ha estels.

En Gaudenci va deixar el llibre sobre el llit

de la Càndida i va mirar amb atenció la nit enteranyinada.

—¿Quin busques?

—Cap en especial.

—Et puc localitzar l'Óssa Major, Venus, Orió i...

—Deixa't estar d'óssos i d'ósses i digue'm si veus estels.

—Jo en veig la tira.

La Càndida li va arrencar les ulleres. Era el que sospitava, estaven cobertes de polsim. En Gaudenci va protestar.

—¡Ospa! ¿Si em treus les ulleres com vols que m'hi guipi? Ara sí que no en veig cap.

—¡Tenies els estels incorporats, cap de cuc! ¿No te les neteges mai?

—¿Què vols, que em dutxi amb les ulleres posades? Són com un cotxe. ¿Tu has vist mai ningú que netegi un cotxe dos cops al dia? Ja se sap, si condueixes de nit comptes taquetes, així no és tan avorrit.

La Càndida ja en va tenir prou.

—¿Farà bon dia o no?

—Depèn per què vulguis fer-lo servir.

—¡Per rostir-me! Vull anar a la platja.

—¡Però si a la tarda tens partit de bàsquet! Si estàs socarrimada no et podràs posar la samarreta i tindràs butllofes a les mans, i si agafes la pilota se't rebentaran, i quan et marquin et faran pols i...

—¡M'importa un pebrot i mig!

—¿Vols dir que sacrificaràs una carrera triomfal per posar-te com un tomàquet? ¿Tot un curs entrenant per a res? Demà tens el partit amb les Kus-kus, que juguen superbé, i...

–En estètica, no hi entens gens.

–Les gambes no són estètiques.

–Després farem una festa i hi haurà la colla de l'institut. No puc anar pel món com un mató. La samarreta nova de color verd poma em queda de pena.

–Però si ja estàs prou bé amb color de iogurt natural, és el teu color genètic. No sé per què vols renunciar a la teva identitat. El Michel Jakson paga una picossada per tornar-se blanc i tu perdràs un matí i un partit de bàsquet per tornar-te negra.

–No és incompatible.

–Sí que ho és, si jo fos la meitat de bo que tu em passaria el matí fent flexions i saunes. El sol et deixarà feta una coca.

–Aquesta és la diferència, microbi. Jo sóc boníssima i puc fer-ho tot.

–Però la capa d'ozó cada dia és més prima. No pots jugar una semifinal amb càncer de pell.

La Lucil·la va arribar amb notícies fresques i va resoldre el conflicte.

–A la ràdio han dit que demà l'anticicló triturarà la borrasca i la liquidarà.

La Càndida va resoldre prescindir del germà i acumular energies per al dia següent.

–¡Au, compra't un duro de bosc i perde-t'hi!

En Gaudenci estava pensatiu.

–Digue'm una sola raó que jo pugui entendre per voler estar negrata i arriscar-te a perdre la semifinal.

La Càndida va ser tan ràpida com habitualment ho era.

–Vull que tothom que vagi a veure el partit digui «Ohhh!»

Abans que en Gaudenci pogués fer objeccions sobre la multiplicitat d'«ohhh» i els infinits significats possibles de la interjecció, la Càndida va llençar el seu llibre al passadís i va donar per finalitzada la conversa.

El sol va sortir a les sis trenta i a les set trenta la Càndida es va posar a la feina. Es va empastifar d'ultrabronzejadors i es va gratinar lentament al llarg de sis hores. Ni un núvol, ni un bri d'aire van acudir a socórrer les cèl·lules de la seva epidermis. Una hora panxa enlaire, una hora bocaterrosa. La Càndida pollastre anava girant com un ast i sentia com la cremor li penetrava pels teixits i li socarrimava fins el moll dels ossos.

A les dues va abandonar la platja. Dalt de l'autobús, sentia com les mirades dels viatgers s'aturaven en ella i la repassaven admirats. Algunes miraven tant, i amb tanta insistència, que fins i tot coïen. Aviat li va coure tot.

En arribar a casa li coïa fins la planta dels peus.

Allò era la sal, segur, tan bon punt es dutxés i s'embetumés d'aftersun estaria fresca com una nevera i disposada a fer empassar ciment a les Kus-kus.

Va arribar al pavelló amb dos pams de llengua fora, la suor regalimant-li per tots els porus de la pell, el cap calent, els peus escaldats, les mans encetades i la pell esbocinada. La cara tenia la vermellor intensa de les postes de sol a l'estiu.

Era una postal.

–¡Ohhhhhh!

Va exclamar l'equip «Tuti Fruti» en ple.

–¡Ohhhhhhh!

S'hi va afegir l'entrenador.

–¡Ohhhhhhhh!

Va fer el públic de les grades en veure-la sortir a la pista.

–¡Ohhhhhh!

Van cridar a l'unísón les Kus-kus.

–¡Ohhhhhhhh!

Van corroborar en Gaudenci, en Jordi Jardinet i l'Esteve Noguipis, que no es volien perdre el partit de les «Tuti Fruti».

La Càndida hauria d'haver estat radiant. Havia aixecat més «¡ohhh!» ella sola que la Michele Pfeiffer donant menjar als coloms de la plaça Catalunya.

Tanmateix li faltava un «¡ohhhh!» molt especial. Li faltava precisament l'«ohhhh» pel qual havia agafat l'autobús de matinada i havia suportat estoicament sis hores de fregidora. La colla de l'institut amb el seu tigre inclòs, no havia anat a veure el partit.

Va sentir una llàgrima de ràbia que li baixava roent galtes avall i obria una petita autopista sobre el gruix d'aftersun.

–¡Òndia! ¿La teva germana és la gamba?

—Sí, però t'asseguro que no és genètic, no li ve de família. Aquest matí, quan ha sortit de casa, era una germana normal.

—Doncs és com un fenomen, mai no havia vist ningú de color escarlata.

—Els alemanys de Castelldefels.

—Ningú conegut, vull dir. És..., és impressionant.

En Gaudenci callava avergonyit. La Càndida estava realment impressionant. Feia por. ¿Seria capaç de resitir el partit o es començaria a pelar com un tomàquet madur als cinc minuts de joc?

Això mateix es preguntava la Càndida, que havia jurat i perjurat a l'entrenador que es trobava en perfectes condicions. La samarreta, però, se li adheria com un esparadrap a la carn viva de les espatlles i les bambes li encetaven els turmells. No podria resistir ni la pilota entre les mans.

—¡Aguanta, Càndida! —va animar-la en Gaudenci, a la primera personal.

I la Càndida va serrar les dents i va aguantar. Continuava sent la millor i les Kus-kus no la deixaven de petja, però ella es veia capaç de tot.

A la mitja part la Càndida era un ferro incandescent. Ningú no es va asseure al seu costat. Feia calor mirar-la. I els de l'institut no s'havien presentat. I el tigre tampoc.

Es confirmaven les seves sospites, tenia un rotllo amb una altra. La Pepa Pistó li ho va aclarir.

—M'han dit que arribaran a l'hora de la festa.

Jo em posaré el jersei de canalé groc i em faré una cua.

La Càndida va pensar en el seu jersei verd poma.

L'entrenador se la mirava preocupat.

–Càndida, ¿vols continuar? Els en portem vuit d'avantatge.

–És clar.

–Estàs insolada, deus patir una insolació de cavall.

La Càndida es va recordar de la conversa amb en Gaudenci. Ella ho podia tot.

–Només una mica vermelleta i prou.

La Càndida semàfor va saltar a la canxa disposada a fer pastar fang a les Kus-kus. La van trepitjar, empentar, noquejar, però va resistir. Guanyaven per vint punts i només faltaven dos minuts per al final del partit. «¡Aguanta, Càndida!», cridava en Gaudenci. Però la Càndida veia pampallugues i una pilota que pampalluguejava. Va envestir contra la pilota i va córrer, córrer i córrer fins que la pista se la va empassar i el terra es va fondre sota els seus peus. Ja no veia res. Davant l'estupor dels espectadors, la Càndida va caure rodona amb la pilota a les mans.

–¡L'ha palmat, tio!

–La teva germana gamba s'hi ha quedat.

En Gaudenci no podia articular paraula. Amb els ulls a punt de caure-li de les ulleres va veure com se l'enduien per la porta d'urgències. No podia reaccionar.

–M'hauria agradat que fos la meva germana. Farda molt tenir una heroïna a la família.

–¿Et deixaran portar el taüt?

–¡Ospa, com que és la teva germana ens donaran un dia de festa a l'escola!

En Gaudenci no sentia els comentaris morbosos dels seus amics. Només sentia un zumzum a les orelles i una tremolor als genolls. La Càndida, no. La Càndida era massa Càndida per convertir-se en matèria biodegradable. ¿Qui li diria microbi? ¿Qui li llençaria els llibres al passadís? ¿Qui l'utilitzaria vilment i li ho agrairia amb una puntada de peu? ¿A qui podria donar les culpes de la seva desgraciada condició de germà segon incomprès?

–¡No! ¡Primogènit, no!

En Gaudenci finalment havia reaccionat i amb quatre gambades va saltar per damunt dels espectadors i va seguir la camilla de la Càndida cadàver.

La Càndida agonitzava a crits i en Gaudenci li va agafar la mà, entendrit.

–Ho has fet molt bé. Ets una superwoman. Tens molts nassos.

–El que té és una insolació còsmica. La submergirem en vinagre.

La Càndida es va lamentar.

–Ha estat un error de càlcul, amb tres hores de sol hauria resistit fins a la nit. ¿I el jersei verd poma? ¿I la festa? ¿I el meu tigre? ¡No he pogut..., buuuuu!

En Gaudenci va tenir una idea genial. Per una germana agònica es podien fer tota mena de sacrificis.

–Mira, Candideta, tu ja et pots morir tranquil·la que jo t'ho solucionaré tot. Em faré passar per tu. Em posaré una perruca, em trauré les ulleres, em posaré el teu jersei verd poma i faré manetes amb el teu tigre. Serà com una mena de reencarnació. Jo em concentraré en tu i diré les mateixes estupideses que tu hauries dit i segur que riuré amb el teu riure histèric i...

Però aleshores, miraculosament, la Càndida es va alçar de la seva camilla mortuòria i va fulminar en Gaudenci amb la mirada.

–Esfuma't, microbi repugnant.

En Gaudenci es va sentir el germà més feliç de la terra. Havia assistit al miracle de la germana ressuscitada. Ja no seria el primogènit.

Allà, des de les profunditats de la infermeria, li va arribar nítid el darrer «¡ohhhh!» del rànquing de la Càndida.

Era l'«¡ohhhh!» del metge.

La Càndida era admirable, aconseguia gairebé tot el que es proposava.

Mentrestant, la Càndida plorava sordament pel «gairebé».

16 *Llum verda a l'estiu*

LA CÀNDIDA, amb la llengua fora i realitzant un esforç anaeròbic, corria metre a metre l'esprint final del curs. Era l'hora dels treballs a corre-cuita, dels àlbums a mig relligar, dels exàmens de nit en vetlla i de les recuperacions amb «xuletes».

L'agenda, en aquest cas, no li servia absolutament de res. Hi tenia tantes coses apuntades com dins la rentadora de casa seva.

Va decidir ser operativa. Va estripar l'agenda i va arriscar-se a anar a pèl, sense protecció, a la desesperada. Era l'única forma de sortir-se'n. En aquests casos les previsions només aconseguien l'efecte contraproduent de la dissuasió per atabalament.

Ella era persona de recursos d'última hora. Quan es veia l'allau a sobre treia pit, serrava les dents i l'aturava amb un dit. Afortunadament tenia el dit ben ensinistrat i com aquell qui no vol la cosa, sabia escapolir-se, bé o malament, de les pitjors catàstrofes sense cap seqüela. Era indestructible.

De mica en mica se n'anava sortint: primer

va aprovar l'anglès, poc després va perdre per deu punts la lliga de bàsquet i finalment les notes van arribar impietoses i resolutives.

A mesura que el pes de les responsabilitats minvava, el seu esperit volava lleuger pels camins dels somnis. Somiava un estiu ple d'alemanys i biquinis, farcit de gelats i d'aventures meravelloses. De moment, però, ho resumia en la revetlla.

La revetlla era el punt de partida. La revetlla era l'estrena: l'estrena de l'estiu, l'estrena de la bogeria, del vestit sense mànigues, de les sandàlies i de la nit més llarga de l'any. Si passava l'equador de la revetlla amb èxit, s'autoaugurava un futur fabulós.

Era una mena d'aposta, com quan jugava a córrer abans que es tanqués la porta, que ella interpretava com a signe evident de sorpresa inesperada en forma de trucada, carta o confessió. O com quan intuïa la mena de dia que l'esperava segons el primer semàfor del matí: si es mantenia verd mentre ella passava sense por i amb els ulls alts era la premonició d'un dia fabulós; si, per mala sort, veia el carbassa, el dia es presentava coix i de segur que esquitxat d'algun episodi desagradable; si ¡oh, desgràcia de les desgràcies!, veia el vermell, ni que fos de cua d'ull, abans que la vamba trepitgés la vorera contrària, era un mal auguri, res del que fes, desitgés o intentés durant les vint-i-quatre hores següents podria sortir-li bé.

Pura superstició.

La revetlla tenia la connotació màgica del

semàfor de l'estiu. Havia de sortir-li rodona, sense intuir el carbassa ni témer el vermell. Calia trepitjar les vacances amb llum verda, només així podrien ser llargues i intenses. Les millors de la seva vida.

La primera bafarada d'aire polar que va congelar part de les seves il·lusions la va rebre quan el seu tigre, que era molt seu, li va anunciar que passaria la revetlla a la torre d'uns amics de l'institut. Ni la va convidar ni la va deixar de convidar, li ho va comunicar.

El tigre morrejava bé, li tocava el cul amb gràcia i li mossegava l'orella, però no deia paraules tendres, ni la convidava a crispetes. Anava per feina. Era un professional del feeling i no perdia ocasió de demostrar-ho on fos i amb qui fos. La Càndida se'n va convèncer el dia que no va aparèixer a presenciar el gloriós partit de la semifinal de la lliga. Si ella no anava a la revetlla, el tigre no tindria problemes per trobar-hi una substituta, potser fins i tot la tenia apamada i a punt per al rostit.

A casa van dir «no».

Era previsible. Van considerar que no es refiaven ni un pèl de la seva filla, ni dels amics de la seva filla.

Si la Càndida hagués tingut les coses molt clares, ben segur que hauria plorat, picat de peus, anunciat un suïcidi i pres una decisió. Tanmateix, la revetlla amb el tigre prenia la forma d'una borrasca de llevant amb sorra del Sàhara, i això la feia dubtar.

No volia una revetlla d'escàndol i melodrama Falcon Crest. Amb el tigre a l'atac, en busca de presa fresca i fàcil, no podia esperar gaire res més.

Va decidir no contestar-li, com a pur acte d'afirmació, i va buscar-se la vida per altres camins.

Compartir la revetlla amb la Cuca Cordill era de tan mal gust com esmorzar una ceba crua. Acceptar la invitació de la Sònia i morir-se d'enveja contemplant-la amb el seu nòvio basc era pitjor que empassar-se Bola de Drac menjant escudella. Així doncs, l'única alternativa era la Febrònia.

La Febrònia que, a part de tenir dues germanes, afortunadament no tenia ni nòvio ni males puces va trobar la idea fantàstica.

–Segur que a casa et deixen venir. La celebrarem a la torre de la costa i com que hi vindran les meves germanes, que els teus pares es pensen que són de confiança, no hi haurà «problems».

No hi va haver «problems» consistents, només petits «problems» de fàcil solució.

La Càndida hauria d'agafar tota sola el cotxe de línia de les set. La Febrònia l'esperaria a casa seva.

La Febrònia estava entusiasmada. La Càndida, no tant. Ella i la Febrònia serien les nenes i no tindrien res a pelar amb uns espècimens tan experimentats en qüestió de revetlles i salses com les germanetes i les amigues de les germanetes de la seva amiga.

Tampoc no tenia cap altra opció.

La tarda del dia vint-i-tres va preparar la bossa amb una certa resignació. La revetlla seria de color àmbar tirant a vermell, no podia esperar cap verd enlluernador.

Va encabir-hi quatre coses i es va entaforar el vestit sense mànigues i les sandàlies. Ni tan sols es va mirar al mirall.

La Lucil·la i en Marcel·lí tiraven petards, però ella no estava per petards. Faltava una hora i mitja per a les set i no tenia en què ocupar-la. De fet es podria haver depilat les cames, pintat les ungles o donat uns tocs de rímmel, però no se sentia coqueta, se sentia una croqueta perdedora. Ella i la Febrònia farien el ridícul i passarien a la història com la parella més genuïna de les escolars escolaritzades sense nòvio. ¡Quina perspectiva!

La mare la va avisar amb cara estranyada.

–Hi ha un noi a la porta. Diu que vol parlar amb tu.

La Càndida no havia sentit ni el timbre. ¿Qui dimonis podia ser?

Era el tigre amb bossa de viatge i somriure de revetlla plena de promeses.

–¿Què? ¿Ja estàs a punt?

La Càndida es va empassar saliva.

–Però, però, ¿si no havíem quedat en res?

Al tigre se li va gelar el somriure.

–¿Què vols dir?

La Càndida va experimentar un cert plaer, amb el seu desconcert. Va aprofitar el seu ascendent.

–Doncs que ja tinc un altre pla.

El tigre es va enfonsar definitivament.

–M'ho podies haver dit abans, jo em pensava que vindries i...

Va marxar amb la cua entre les cames i la Càndida va tancar la porta, feliç. Era cert, tenia un altre pla encara que fos un pla de rebaixes del Corte Inglés, però la reconfortava saber que el tigre estava tan penjat com ella. ¿Era una mica estúpida?

–¡Càndida, un noi al telèfon!

Potser el tigre havia reaccionat i la insultava des d'una cabina telefònica, per si de cas es va allunyar l'auricular de l'orella. Sort, perquè la sorpresa va ser majúscula.

–Hola, ehem, sóc en Viqui, en Viqui Pigallat, no sé si te'n recordes, de mi.

¡I és clar que se'n recordava!

–He pensat que bé, que si no fas res aquesta nit podríem anar a una festa orientalista que...

La Càndida va sentir un plaer indescriptible en repetir la frase que havia pronunciat minuts abans.

–Ho sento, ja tinc pla.

Començava a engrescar-se.

Va penjar l'aparell sense remordiments i va mirar triomfal al seu voltant. Ja eren quarts de set. Va agafar la bossa i es va acomiadar. Per l'escala va ensopegar amb el carter.

–¡Càndida, un telegrama!

La Càndida va tenir un infart. ¿Un telegrama per a ella?

On n'hi ha dos, n'hi ha tres. El telegrama deia així:

«Vindré el vint-i-tres – Stop – T'espero a la revetlla de ma germana – Stop – Petons – Timmi.»

Era evidentíssim que aquell era el dia de repartir carbasses ni que fos per omissió. ¿Com era possible? ¿Potser era una noia d'èxit i ho ignorava?

Va arribar a l'autobús arrossegant els vint-i-cinc quilos de més que s'havia engreixat durant l'última hora i va enfilar-s'hi a corre-cuita. L'autobús estava a punt de sortir.

–¡Ep! ¡Càndida! ¡Vine, t'hem guardat un seient!

Era una germana de la Febrònia amb una amiga. Tindria companyia.

La Càndida es va quedar sense respiració, li havien reservat un seient que no estava precisament buit: el mig ocupava el mig nòvio de l'altra germana de la Febrònia, que estava per sucar-hi quetxup.

–Seu, que en tenim per hores, han dit que hi ha caravana.

El mig nòvio li va fer lloc. Es deia Lowri.

La Càndida va fer dues respiracions profundes i va seure.

L'autobús es va posar en marxa, lent i sorrut, i es va aturar al primer semàfor. Aleshores, la Càndida va veure el vermell i va serrar les dents. Era una estúpida, una estúpida integral, una estúpida irremissible. ¿A qui se li acudia rebutjar tres magnífiques ofertes de revetlles en companyia i optar per una revetlla solitària en companyia de nòvios d'altres?

En Lowri la va treure de les seves cabòries.

–¿Ho has aprovat tot?

Era una forma com una altra de trencar el gel i la Càndida, davant de la perspectiva de llargues hores, va agrair l'esforç. Es va enrotllar com una persiana. Ningú no li impedia donar la pallissa al nòvio de la germana de la seva amiga.

La pallissa va ser mútua. En Lowri estudiava biologia, era un viatger entusiasta, un naturalista convençut, un ecologista militant i tenia una retirada al mític Art Garfunkel. S'hi va fixar abans que es fes fosc.

En fer-se fosc només li veia els ulls, els tenia verds.

–Arribarem demà passat –va comentar en Garfunquel, intentant estirar les cames i fent l'ullet a la seva companya–. Val més que ens posem còmodes i passem l'estona.

La Càndida no es va fer pregar. Es va posar còmoda i va matar l'estona elucubrant el gust dels llavis del seu company de viatge. Imaginar no estava prohibit. Ell va arrambar la cama i li va fregar un peu. Ella, amb naturalitat, va posarse més còmoda i va recolzar el seu cap damunt el seu pit, ell li va passar una mà, amb naturalitat, per les espatlles i aquí es va acabar la naturalitat.

La Càndida sentia els batecs del seu cor a ritme de rock. Cada sotrac de la carretera li recorria el cos com una descàrrega elèctrica. La mà d'en Garfunquel la premia més fort i de mica en mica es va moure. Primer suau, acaronant-li el braç lliure de mànigues, després va ascendir cap al seu coll i aquí va ser on la Càndida va embogir. No va poder resistir-ho més i va aixecar el cap. L'esperaven uns llavis de mel i uns ulls riallers.

–Però, però –va mussitar, confosa–. Jo sóc amiga de la Febrònia i tu ets el nòvio de...

En Garfunquel li va tapar la boca suaument amb un dit.

–Jo no sóc el nòvio de ningú, jo sóc la meva circumstància i la meva circumstància, en aquests moments, ets tu i m'agrades. Segur que deus ser una noia d'èxit.

Al final s'ho creuria, estava en camí de creure-s'ho. ¿Ella, la Càndida sense moto i sense nòvio, era seductora? ¿I per què no? El va mirar per convèncer-se que no l'enganyava. Tenia els ulls nets.

Aleshores els va veure, va veure no un sinó dos semàfors verds que la convidaven, falaguers, a endinsar-se en l'estiu acabat d'estrenar. Els ulls d'en Lowri li donaven llum verda.

Una veu interior la va avisar, temorenca.

«¡Frena, Càndida, frena!»

Però la Càndida la va ignorar olímpicament. Inaugurava les llargues i intenses vacances somiades i deixava enrere el llarg i intens curs escolar.

Acabava de passar l'equador.

Índex